Ilytsch
Uk-Ju
Berg Ebel-Is
Martemjans Hütte
Hütte für Wanderer
Itsched-Ljaga
Flucht vor dem Waldbrand
Am Itsched-Ljaga
URAL

Juri Korinetz
Wolodjas Brüder

Juri Korinetz

Wolodjas Brüder

Aus dem Russischen von
Hans Baumann

Bilder von
Sabine Friedrichson

BELTZ
& Gelberg

Juri Korinetz, geb. 1923, lebt in Moskau als Schriftsteller. Ausbildung an der Kunsthochschule in Samarkant. Veröffentlichte im Programm Beltz & Gelberg »Dort, weit hinter dem Fluß«. »In der Mitte der Welt«, »Grüße von Werner«, »Ein Junge und ein Pferd«. »Das ganze Leben und ein Tag«.

Sabine Friedrichson, 1948 geboren, studierte an der Fachhochschule für Gestaltung, Hamburg, und ist seit 1970 freischaffende Illustratorin. Für ihre Illustration der Märchen von Hans Christian Andersen (»Mutter Holunder«) erhielt sie internationale Auszeichnungen; für ihre Märchensammlung »Fundevogel und andere Lieblingsmärchen« mit Illustrationen erhielt sie den Jugendbuchpreis der Stadt Oldenburg.

2., veränderte und in der Übersetzung verbesserte Auflage, 1984

Originaltitel: Wolodiny Bratja

Einband und Titelbild von Sabine Friedrichson, Hamburg
Einbandtypographie von Ralf Mauer, Hamburg
Gesamtherstellung Beltz Offsetdruck, 6944 Hemsbach über Weinheim
ISBN 3 407 80134 3

Gut läßt sich das Leben für Wolodja an. Immer ist er tätig, immer gut aufgelegt. Bei ihm ist das schon von Geburt so, die Natur hat ihm das mitgegeben. Die Natur verzagt ja nie, seht euch doch um: Ob Winter, Frühling oder Herbst – die Natur ist immer in Bewegung, alles in ihr atmet. In der Natur dient sogar der Tod dem Leben. Blätter sterben ab – und bereichern den Boden für kommende Pflanzen; stirbt ein Elch oder ein Bär, so wird sein Fleisch zur Nahrung für andere Tiere. Die Natur kennt eigentlich gar keinen Tod und keine Todesfurcht. Auch Wolodja hat vor dem Tod keine Angst. Freilich ist er erst elf Jahre alt, ein kleiner, hagerer Junge. Aber daran liegt es nicht. Es ist einfach so, daß einige Angsthasen sich über den Tod schreckliche Sachen ausgedacht haben. Und dabei ist der Tod doch eine Arbeit, eine Arbeit wie jede andere auch. So wenigstens sagt Großvater Martemjan.

Wolodja denkt ebenso. Und so wird Wolodja immer denken. Hauptsache im Leben ist, tätig zu sein und nicht aufzugeben. Und die Augen offenzuhalten und zu denken!

Wolodja geht zum Beispiel abends am Ufer des Ilytsch entlang, hat eine Angelrute und sieht eine dunkle Stelle mitten im Fluß. Es ist, als wäre das Wasser dort mit Tusche angemalt. Und genau dort wickelt eine kleine Brandung Löckchen auf. Das bedeutet, daß unter dieser Stelle ein großer Stein liegt. Wolodja weiß sofort, daß an diesem Stein bei der umgestürzten Tanne eine fette Äsche* auf dem Grund steht. Dort wirft er seine Angel aus und holt einen riesigen Fisch aus dem Wasser.

* Forellenartiger Fisch, der bis zu 50 cm lang wird.

Wolodja setzt sich auf einen Stein, beobachtet die Äsche, die aus dem Gras hochspringt, wundert sich und überlegt, wer ihm das alles beigebracht hat – Großvater Martemjan oder die Natur? Aber das ist nicht so wichtig. Hauptsache, Wolodja weiß es.

Zweitens hat Wolodja es im Leben deshalb gut, weil er ein reicher Mensch ist, obwohl er erst elf Jahre zählt. Wasser besitzt Wolodja so viel, daß er unmöglich alles überblicken kann. Ihm gehören verschiedene Bäche, kleine Flüsse, Seen...Und der Ilytsch ist für ihn der Fluß, an dem er einfach leben *muß*. Ihr denkt: komisch, das reimt sich sogar! Aber das ist doch gar nicht schlecht, wenn sich plötzlich etwas reimt! Das macht doch Spaß!

In all den Gewässern, die Wolodja gehören, gibt es die verschiedensten Fische: Äschen und Lachse und Forellen, nicht zu reden vom Hecht und Barsch. Erde besitzt Wolodja ebenfalls; Land, auf dem dichte Wälder stehen und Moore sich ausbreiten, Hügel und Berge. Da gibt's Blumen und Beeren. Und viele wilde Tiere. Und außerdem besitzt Wolodja zwei Häuser, jedes mit einer Badehütte am Ufer. Das Haupthaus ist in der Niederung, dort, wo der Ilytsch in die Petschora mündet. In diesem Haus wohnt Wolodja im Winter. Den Sommer aber verbringt er in der kleinen Jägerhütte am Oberlauf des Ilytsch. In diesem Häuschen hat Wolodja die herrlichsten Dinge angesammelt: Fallen, Blinker und künstliche Fliegen...obwohl das alles ja blöder Kleinkram ist, verglichen mit dem doppelläufigen deutschen Stutzen, Kaliber 303. Das ist ein Gewehr! Eine Wucht! Uralt! Großvater Martemjan hat es von seinem Vater geerbt, von Wolodjas Urgroßvater. Und Martemjan wird diesen Stutzen Wolodja vermachen, so ist es schon abgesprochen. Dieser Stutzen, so sagt Großvater Martemjan, wird alle überleben und dann immer noch schießen.

Mit diesem Gewehr hat Großvater Martemjan einhundertfünf Bären erlegt, und es werden noch einige dazu kommen. Und Wolodja wird noch mehr erlegen, wenn er groß ist. Aber das ist nicht alles. Er hat noch etwas, um auf Bärenjagd zu gehen, einen Jagdspieß aus Holz. Und eine Angelrute aus Bambus, um Lachse zu fangen, auch Netze und Boote. Besonders ein Boot ist gut, lang und geteert, großartig wie eine schwarze Gans, mit einem Motor und dem Namen »Weterok« am Heck, was so viel bedeutet wie »Kleiner Wind«.

Ihr werdet fragen: Was ist denn das für ein Millionär, der alles in allem erst elf Jahre ist? Darauf antworte ich euch: Ein Millionär, wie ihr ihn euch vorstellt, ist Wolodja natürlich nicht. Wolodja ist ein einfacher Schüler.

Aber wieso ist er dann Besitzer all dieser Bäche, Flüsse und Seen? Wie kann ihm der Ilytsch von der Quelle bis zur Mündung gehören und außerdem die ganze Taiga? Was heißt das denn? Wohnt er dort ganz allein?

Nein, nicht allein! Und trotzdem so, als wäre er allein. Am Oberlauf des Ilytsch ist Wolodja im Sommer der einzige kleine Junge. Am Unterlauf des Flusses leben auch andere Jungen. Na, und auch Mädchen, natürlich. Zum Beispiel Alewtina. Irgendwann einmal wird Wolodja Alewtina heiraten. Sie ist hübsch. Sie hat rotblonde Haare und eine weiße Haut mit Sommersprossen. Ihr Kopf sieht aus wie ein gesprenkeltes Kuckucksei im Stroh. Sie ist so ernst und schweigsam wie Wolodja. Manchmal aber bricht sie plötzlich in ein Lachen aus, für nichts und wieder nichts. In solchen Momenten liebt Wolodja sie besonders. Eine Frau muß fröhlich sein, das weiß Wolodja. »Mit einer fröhlichen Frau läßt sich gut leben«, sagt Großvater Martemjan.

Und er weiß alles, nicht nur über Frauen, sondern überhaupt. Aber daß Alewtina Wolodjas Frau wird, liegt natürlich noch in weiter Ferne. Bis dahin ist er mit ihr einfach befreundet. Im Winter sind sie immer zusammen in der Schule; im Sommer sehen sie sich selten. Selbstverständlich hat Wolodja auch einen Feind, weil es ohne Feinde in dieser Welt nicht möglich ist zu leben. Das Traurige in Wolodjas Fall ist, daß ausgerechnet dieser Feind Alewtinas Vater ist. Prokop heißt er. Er ist im ganzen Gebiet als Säufer und Schwätzer bekannt. Ein wüster Mensch, ein Wilderer.

Wolodjas Eltern leben nicht mehr. Sie sind in der Taiga umgekommen – unter rätselhaften Umständen, von denen ich später erzählen werde. Nur einen Bruder hat Wolodja noch. Er heißt Iwan, ist Flieger und in Troitzki-Petschersk stationiert. Wolodja aber lebt beim Großvater im Winter wie im Sommer. Für den Alten ist Wolodja ein Sohn, und Martemjan ist für Wolodja Vater und Mutter. Und so leben sie, mal im Dorf, mal in der Taiga.

Im Augenblick befand sich Wolodja in einer ungewöhnlichen Umgebung. Er saß auf einer Wiese inmitten einer Menge Ameisen – roter riesiger Ameisen, die so groß waren wie er selbst!

Die weite Wiese fiel so steil ab, daß die Tannen und Laubbäume im spitzen Winkel zur Erde standen, ebenso der hohe Ameisenhaufen am Rand der Wiese, der bis an die Wolken ragte. Das Gras der Wiese war gemäht und von den Ameisen zertrampelt, es waren Hunderttausende! Es sah so aus, als ob sie alle miteinander sprächen. Sie öffneten und schlossen ihre Kiefer, bewegten die Schnurrbärte, traten von einem Fuß auf den anderen, aber trotz dieser Bewegungen herrschte eine ungewöhnliche Stille ringsum. Man hörte nur leises Zischen und Rascheln, und es war ungewiß, ob es die Ameisen waren, die da miteinander flüsterten, ober ob sich die Wolken mit ihren Flanken aneinander rieben. Wolodja hatte das Gefühl, daß er hierher eingeladen war, aber er erinnerte sich nicht, wann und warum. Er sah sich aufmerksam um. Die Ameisen hatten sich in drei konzentrischen Kreisen aufgestellt. In der Mitte saßen Wolodja und die Große Ameise, von der die anderen angeführt wurden.

Merkwürdig ist das alles, dachte Wolodja. Die Ameisenpfote, die auf seiner Schulter lag, war schwer und hart. Aber natürlich tat Wolodja so, als wäre sie gar nicht schwer.

Im innersten Kreis um die Große Ameise und Wolodja standen zwölf schlanke Ameisen—Offiziere, die persönliche Garde der Anführerin. Keine wendete ein Auge von Wolodja. Der zweite, weit größere Kreis wurde von der Mehrzahl der Ameisen gebildet, dem Volk sozusagen, das ebenfalls die Köpfe der Mitte zuwandte. Ganz außen schließlich standen Ameisen mit mächtigen, säbelartigen Kiefern. Das war der Kreis der Soldaten. Sie standen in einer lockeren Kette da, die großen Köpfe nach außen gewandt, und wackelten mit ihren runden Hinterteilen, die wie Tonnen aussahen. Bei ihrem Anblick fühlte sich Wolodja unbehaglich. Alle Ameisen waren grellrot, und überhaupt sah alles grell aus: grellgrün die Tannen, die Stämme der Lärchen bedrohlich dunkel, grellblau die Berge in scharfen Ausschnitten, perlmuttfarben und blendend der Himmel mit rasch ziehenden blaugrauen Wolken. Der Himmel hing so tief wie eine Zimmerdecke. Und alles war merkwürdig eng und nah wie in einem geschlossenen Raum. Vielleicht ist das wegen der riesigen Ameisen so, überlegte Wolodja. In dieser funkelnden Enge geschah alles fast lautlos. Und der leere Ameisenhaufen ragte majestätisch empor.

Die Große Ameise bewegte ihre Schnurrbarthaare, nahm die harte, eisenschwere Pfote von Wolodjas Schulter und hob sie über seinen Kopf.

»Ich möchte einige Worte sagen«, begann sie. Und Wolodja beobachtete die vielen Ameisen, die in schweigender Bewunderung erstarrten.
»Wolodja, den ihr vor euch seht«, sagte die Große Ameise, »ist genauso, wie ihr seid: bescheiden und ordentlich.«
In der Menge war ein leichtes Raunen zu hören.
»Wolodja ist sehr tüchtig in der Schule«, fuhr die Große Ameise fort, »und er kann schon mit einem Motorboot umgehen.«
Wieder gab es eine Bewegung in den Ameisenreihen.
»Ja! Und er liebt seinen Großvater Martemjan sehr. Und noch einen Menschen liebt er! Aber wer das ist, will ich euch noch nicht verraten.«
Die Bewegung in den Ameisenreihen verstärkte sich. Wolodja kam es vor, als grinsten einige Ameisen sogar. Alewtina! blitzte es ihm durch den Kopf.
Die Große Ameise hob die Stimme: »So also ist Wolodja ein guter Mensch. Er ist ein Vorbild! Hurra für Wolodja!«
»Hurra!« brach es aus der Ameisenmenge, und das Echo kam von den Wolken zurück wie von einer Decke. Tausende von Ameisen starrten Wolodja mit hervorquellenden Augen an, und aus ihren Kehlen kamen merkwürdige Baßtöne. Niemals hätte Wolodja erwartet, daß Ameisen so tiefe Stimmen haben! Vielleicht aber mischten sich auch die Stimmen der Taiga mit ein, die Stimmen der Steine, Bäume, Berge! Die Große Ameise hob wieder ihre gabelförmige Pfote. Das Geschrei verstummte.
»Und nun hat Wolodja sich zu seiner ersten selbständigen Reise aufgemacht! Er will Großvater Martemjan in der kleinen Hütte am Ilytsch besuchen.«
Alle Ameisen schrien gleichzeitig irgend etwas, aber Wolodja verstand es nicht.

»Er ist ganz allein!« schrie die Große Ameise. »Er geht nach dem Gedächtnis durch die Taiga! Und er fürchtet sich vor nichts!« Die letzten Worte gingen in einem begeisterten Geheul unter. Die rötlichschwarze Pfote der Großen Ameise blieb gebieterisch in der Luft hängen, bis endlich wieder Stille eintrat.

»Wolodja ist unser Bruder, und wir sind verpflichtet, ihm zu helfen!« rief sie. »Helft ihm, wo ihr könnt, und gebt diesen Befehl an alle Ameisen benachbarter Kolonien weiter! Und nun geht zurück an eure Arbeit!«

Die Große Ameise erhob sich und lächelte Wolodja zu. Auch Wolodja stand auf. Für ihn war ihre Gegenwart schmeichelhaft – und trotzdem fühlte er sich unbehaglich. Er konnte sich an die ungeheure Größe der Ameisen nicht gewöhnen.

Die konzentrischen Kreise waren inzwischen langsam in Bewegung geraten. Zunächst zerriß der äußere Kreis an einer Stelle und begann sich aufzulösen, wie sich etwa ein lebendiges Wollknäuel abwickeln würde. Eine Ameisenkolonne in Viererreihen marschierte seitwärts ab, als ob sie dorthin gezogen würde, und der ganze Kreis begann sich zu drehen, schneller und immer schneller. Danach löste sich der zweite Kreis auf, dann der dritte. Ein Teil der Ameisen bewegte sich zum riesigen Ameisenhaufen, die anderen verschwanden in der Taiga hinter Bäumen...

»Na, gehen wir«, sagte die Große Ameise. »Ich werde dich ein Stück weit begleiten.« Sie faßte Wolodja mit ihrer harten, stacheligen Pfote am Arm und stieg mit ihm langsam den Hang zum Fluß hinab. Sie ging aufrecht auf den Hinterbeinen und war sogar etwas größer als Wolodja. Schwarzrot funkelnd, gespickt mit harten Haaren, sah sie einem schrecklichen Roboter ähnlich. Die Augen, zusammengesetzt aus einer Vielzahl von Facetten, blickten merkwürdig, fast ohne Ausdruck, denn sie hatten weder Pupille noch Iris. Es sah aus, als brenne in vielen gleichförmigen Lämpchen ein fliederfarbenes Licht mit Hunderten von weißen Lichtpunkten. Trotzdem lag in diesen Augen etwas Grausames und zugleich Liebenswürdiges. Die Große Ameise hatte, so schien es, schon sehr viel gesehen. Sie war klug.

Und plötzlich erblickte Wolodja sich selbst neben der Großen Ameise: klein, hager, stupsnasig, mit sonnengebleichtem Haar, großen blauen Augen und mit zwei braunen Leberflekken auf der linken Wange neben den vollen Lippen. Er sah sich wie in einem Spiegel. Er trug Khakihosen und eine Jacke, weiße, vom Staub dunkel gewordene Sportschuhe, und über seiner Schulter hing ein Leinenbeutel.

Wolodja und die Große Ameise gingen langsam, Arm in Arm, über den ausgetretenen erdfarbenen Pfad. Unter ihnen war unaufhörlich das Murmeln des Flusses zu hören.

Wolodja nahm allen Mut zusammen und sagte: »Dürfte ich dich etwas fragen ?«

»Bitte«, sagte die Große Ameise, höflich lächelnd. »Frag nur!«

»Du hattest gesagt, ich sei ein Vorbild – aber was ist das?«

»Hast du dieses Wort noch nie gehört?«

»Gehört schon«, sagte Wolodja, »vom Lehrer in der Schule und im Radio, aber trotzdem versteh' ich es nicht.«

»Sieh dich einmal aufmerksam an!« sagte die Große Ameise. »Und denke darüber nach, wie du bist! Dann wirst du es verstehen.«

Wolodja musterte sich wieder von der Seite – diesen zerzausten Jungen mit den großen Augen und Leberflecken.

»Und wie bin ich?«

»Du bist schon richtig. Du denkst mehr an andere als an dich selbst.«

»An andere?«

»Ja, an den Großvater, und du hilfst ihm. Und an Alewtina.« Wieder wandte sich die Große Ameise Wolodja mit dem merkwürdigen Lächeln zu.
»Von ihrem Vater denke ich schlecht!« sagte Wolodja schuldbewußt.
»Aber das ist doch nur richtig so!« sagte die Große Ameise. »Von schlechten Menschen kann man nicht gut denken!«
Wolodja nickte. Es war gut, mit der Großen Ameise zusammen zu sein. So einfach. Und man war nicht mehr so einsam.
»Aber ganz so vorbildlich bist du auch wieder nicht!« sagte diese plötzlich.
»Und warum nicht?«
»Weil du allein und ohne Erlaubnis zum Großvater unterwegs bist.« Diese Worte kamen so unerwartet für Wolodja, daß er stehenblieb. Der schnelle Fluß war nun zwischen den Bäumen zu sehen. Aus dem lichtblauen Wasser ragten bunte rundköpfige Steine, naß und schaumbeckt. Der Fluß brach sich an ihnen und murmelte ununterbrochen, aber Wolodja hörte ihm jetzt nicht zu.
»Du handelst eigenwillig und bedenkenlos!« fuhr die Große Ameise mit harter Stimme fort.
»Aber eben hast du mich noch gelobt«, sagte Wolodja verstört.
»Ich habe dich gelobt, und jetzt tadle ich dich«, erklärte die Große Ameise mit knarrender Stimme. »Weil dein Vorhaben eine gute und eine schlechte Seite hat! Daß du den Mut aufbringst, allein in die Taiga zu gehen, das ist gut! Dafür bewundere ich dich grenzenlos.« Die Große Ameise sagte »grenzenlos« genauso, wie Großvater Martemjan es immer sagte. »Aber, daß du keinem Menschen etwas gesagt hast, das ist schlecht! Du wirst dich ganz bestimmt verirren.« Dieses letzte schreckliche Wort sprach die Große Ameise leise und ganz langsam aus; sie zerlegte es in Silben. Wolodjas Herz fiel sofort

tief in den Bauch, als ihn dieses Wort traf, seine Knie wurden weich, er ließ die Hand der Großen Ameise los und setzte sich auf einen Stein, der wie durch ein Wunder plötzlich neben ihm lag.

»Nun, was siehst du mich so an ? Glaubst du mir nicht ?«

»Ich werde mich nicht verirren«, sagte Wolodja laut. »Ich bin eben erst aufgebrochen, und das Dorf ist noch in der Nähe. Ich bin genau auf dem richtigen Weg.« Wolodja sagte das alles sehr entschieden. Aber im Herzen regte sich ein Zweifel. »Ich muß zum Großvater«, fuhr er fort. »Und du wirst mir helfen. Du und deine Ameisen.«

»Wie man's nimmt«, sagte die Große Ameise hinterhältig. »Beistehen werden wir dir, aber den Weg mußt du schon selber finden. Erstens kennen wir ihn gar nicht. Wir waren noch nie am Oberlauf des Ilytsch. Dort sind nicht unsere Wirkungskreise.« Sie spricht wie im Radio, dachte Wolodja. »Und zweitens – was wärst du denn für ein Vorbild, wenn du den Weg nicht selber fändest! Natürlich, wir helfen dir. Und noch der und jener wird dir helfen«, fügte die Große Ameise rätselhaft hinzu. »Aber den Weg mußt du dir allein suchen! Findest du ihn, werde ich dich bewundern, verfehlst du ihn – mach dir selbst Vorwürfe! Dann lohnt es sich nicht, auf dich zu setzen! Klar?«

»Klar«, sagte Wolodja leise.

»Und jetzt los – geh!«

Wolodja stand auf. Dankbar sah er diese unbegreifliche, gütige wie hartherzige Ameise an. Sie betrachtete Wolodja leidenschaftslos und kalt mit Hunderten von winzigen fliederfarbenen, blinkenden Augen, in denen der Widerschein des Himmels und der Taiga stand. »Komm, laß dich küssen auf den Weg!« sagte die Große Ameise und berührte Wolodjas Wange mit ihren harten, kantigen Kiefern...

Und von diesem Kuß wachte Wolodja auf.

Er griff sofort nach seiner Wange. Unter seinen Fingern spürte er ein Körnchen, eine Ameise. Wolodja wischte sie von der Wange ab und sah, wie sie sich auf der Erde umdrehte und eilfertig davonlief, bis sie unter Gräsern verschwand. Wolodjas Wange brannte. Die Ameise hatte ihn gebissen! Oder geküßt! War es nicht gleichgültig, was hier stimmte und was nicht?
Einige Schritte entfernt rauschte der Fluß. Er unterspülte die langen Wurzeln einer Birke, die wie eine Angelrute schaukelnd über den Fluß hinaushing, als wollte sie Fische fangen! Rasch wurde es hell, und der Himmel färbte sich rosa. Sollte es Abend sein? dachte Wolodja – nein, es ist Morgen.
Er sah, wie sich in diesem Augenblick über den spitzen, rußschwarzen Wipfeln der Tannen jenseits des Flusses ein blendender Punkt bildete, von dem aus lange orangefarbene Nadeln in den Himmel stießen. Unterhalb des dunklen Waldes am jenseitigen Ufer schimmerte lila der sandige Strand, und das Wasser glühte wie fahles Kupfer. Der blendende Punkt über dem Wald wurde immer größer, bis eine Kugel aus ihm geboren wurde, ein goldenes Ei, gelegt von einer unsichtbaren Henne! Unten wie oben abgeflacht saß das kleine Ei für einen Augenblick auf der pechschwarzen Wipfellinie und überschwemmte sie mit unerträglichem Glanz. Und plötzlich wurde der regenbogenfarbene Schwanz des Märchenvogels sichtbar: ein bunter Schwanz, der sich über Bäume, Ufer und Fluß ausbreitete.
Wolodja blickte verzaubert auf dieses Wunder, bis die Sonne sich vom Waldrand löste und über der Erde schwebte. Erst jetzt senkte Wolodja den Blick und seufzte auf. Der zweite Tag seiner Wanderung brach an.
Er setzte sich bequemer ins Gras und wischte sich über das

Gesicht. Die Wange brannte, an den Fingern klebten herbstliche Spinnweben. Auch Asche von seinem Lagerfeuer.
Neben Wolodja lag auf verbrannter Erde ein trockener Kiefernstamm, den er am Abend vorher für den Scheiterhaufen herangezerrt hatte. Das Mittelstück war verkohlt und mit weißlicher Asche bedeckt. Über den verkohlten Stamm liefen rote Waldameisen. Wolodja sah sie verwundert an. Wie hatten sich alle Größenverhältnisse verschoben! Die Ameisen waren wieder ganz klein, und er war groß! Und die Welt rings um Wolodja, die Taiga und der Himmel waren wieder endlos weit!
Das nächtliche Entsetzen schwand. Wolodja schöpfte Mut, und er verspürte leichten Hunger. Gleich würde er frühstücken – aber zuvor mußte er eine Äsche fangen. Gut ausgeschlafen war er. Die Nacht war warm gewesen, und einen guten Scheiterhaufen hatte er sich gestern gemacht. Die halbe Nacht hatte das Lagerfeuer gebrannt. Zweimal hatte Wolodja die Glut seitwärts verschoben und sich auf die erwärmte Erde wieder schlafen gelegt. Wie zu Hause auf dem Ofen! Und da hatte er eben von den Ameisen geträumt...
»Also gut!« schrie Wolodja die Ameisen an, »macht, daß ihr von hier fortkommt! Ich will den Scheiterhaufen anzünden und mir ein Frühstück machen.«
Wolodja sprang auf, schlug mit der Hand auf den verkohlten Kiefernstamm, ein leichtes Aschenwölkchen flog mit dem Wind hoch, und die Ameisen stoben nach allen Seiten auseinander, taten sehr geschäftig und liefen fort.
»Na also«, sagte Wolodja gelassen.
Erst werde ich baden, dann Feuer machen und Äschen fangen! dachte er. Nein, zuerst Feuer machen! Er musterte den erkalteten Scheiterhaufen, dann sah er zum Fluß hin, schließlich mit zusammengekniffenen Augen in die Sonne. Schön war es hier! Alles funkelte: die silbergraue Asche, das grüne Gras, das

blaue Wasser, die Steine und der Himmel! Nein, zuerst will ich doch baden!
Wolodja lief über das weiche Gras, dann über die am Ufer liegenden Felsbrocken zum Wasser. Auf einem großen halbrunden glatten Stein, der halb in der Erde steckte, zog er sich aus: die Jacke, das Hemd, die Sportschuhe, Hosen und Unterhosen. Es war ja niemand außer ihm da. Nichts Schöneres, als allein nackt zu baden! Obwohl der Stein von der Sonne beschienen wurde, hatte er sich noch nicht erwärmt, und Wolodja setzte sich auf seine Kleider. Die Luft, erfüllt von Sonnenstrahlen, war schon warm. Auch Mücken schwärmten bereits, aber es waren wenige, und Wolodja verscheuchte sie nicht einmal. Nur manchmal zuckte er mit der Haut. Wolodja saß lässig da und genoß den warmen Atem der Sonne und den kühlen Lufthauch. Der Wind war schwach, er schlief merklich ein und überließ den Platz den Sonnenstrahlen, die immer wärmer wurden. Wolodja bot der Sonne die weiße Brust, den Kopf zurückgeworfen. Er liebte es dazusitzen, bevor er ins Wasser tauchte. Gleich werde ich mit dem Fluß spielen, dachte Wolodja. Er wartet schon auf mich, er kann es kaum erwarten...
Er beobachtete den Fluß, der nur einige Schritte von ihm entfernt dahinbrauste. Der Fluß spielte hartnäckig mit der Birke, wie eben nur ein Fluß spielen kann. Für die Birke war es ihr letztes Spiel. Bald würde das Wasser ihre Wurzeln ganz entblößen und sie aus dem Ufer waschen, sie über Stromschnellen rollen und irgendwo ans Ufer werfen oder ins Meer tragen.
Auf dem nassen, grellweißen Stamm lief ein kleiner, kriegerischer Vogel hin und her. Dieser Vogel, schwarz mit blauem Schimmer, gelbem Bauch und weißem, frech erhobenem Schwanz, ist immer darauf aus, mit jemandem Streit anzufangen, auch wenn er selbst kaum höher als ein halber Finger ist! Frech und fröhlich war der kleine Vogel, und fröhlich waren

der Fluß und die Sonne und Wolodja. Nur die Birke war traurig.
Der Vogel sah Wolodja an, hüpfte an das äußerste Ende des Baumes, starrte böse von dort her und wippte mit dem Schwanz, um das Gleichgewicht nicht zu verlieren. Als er bemerkte, daß Wolodja ebenfalls auf den Baum sprang, flog der Vogel ans Ufer und raste durch das Gras, pfiff empört und sah Wolodja wütend an.
Zum Lachen! dachte Wolodja, auf dem biegsamen Stamm stehend. Dieser winzige Vogel erheiterte ihn, weil ihn überhaupt alles an diesem Morgen freute.
Und bis zur Hütte komme ich!
Und ich verirre mich nicht!
Wolodja erinnerte sich an die nächtlichen Ameisen. Ich werde immer flußaufwärts am Ufer entlanggehen, bis ich an Prokops alten Hof komme. Dort macht der Fluß einen großen Bogen, ich werde mich nach links wenden und auf dem Großvaterpfad weiter über den Idschid-Parma-Kamm gehen, vorbei am Moor, und dann komme ich direkt am Berg Ebel-Is heraus, und gegenüber dem Berg am anderen Ufer des Ilytsch steht die Hütte! Dort ist der Großvater! Das Einfachste vom Einfachen! Und du sagst, ich verirre mich! hielt er in Gedanken der Großen Ameise vor.
Der ganze Weg stand klar vor seinen Augen, er kannte ihn gut, er ist ihn mit Großvater und Iwan gewandert, er ist sogar im Hubschrauber hier drübergeflogen, und er sah seinen Weg vor sich wie auf einer Landkarte...
Die Gedanken jagten sich in Wolodjas Kopf, als er auf dem schwankenden Birkenstamm stand. Unter seiner Last bog sich der Baum tief nach unten. Der Fluß schaukelte die Birke und überschüttete Wolodja mit Wasserspritzern.
Könntest du mich jetzt sehen, Alewtina! dachte Wolodja stolz,

wie ich über den schlagenden Wellen des Flusses auf einem Birkenstamm balanciere – wie ein Zirkuskünstler! Und ich stürze nicht ab! Aber Alewtina war weit. Auch Großvater Martemjan und Bruder Iwan und der Vater von Alewtina, Prokop; nicht zu reden von den Dorfjungen. Alle waren weit und konnten Wolodjas Geschicklichkeit nicht bewundern.

Na, macht nichts! Sie werden das schon noch kennenlernen!

Wolodja war stolz auf sich. Der kleine kriegerische Vogel zwitscherte neidisch und ließ ihn nicht aus den Augen.

»Na, warte nur!« Mit diesen Worten ging Wolodja in die Hocke, griff in die starken rötlichen Zweige, an denen noch Laub hing, und sprang in den Fluß, ohne die Zweige loszulassen.

Der kleine Vogel hüpfte empört hoch.

Der Fluß nahm Wolodja in seine Arme, verbrannte ihn mit seiner Kälte und versuchte, ihn von der Birke loszureißen.

»Benimm dich!« schrie Wolodja zwischen den Wasserspritzern, die ihm in den Mund schlugen. Er war sofort von oben bis unten mit Gänsehaut bedeckt und krebsrot, wie verbrüht. Von der eisigen Umarmung blieb ihm die Luft weg.

Wolodja ließ nun die Zweige los, der Baum ruckte hoch, die Zweige flogen rauschend auf, und der Fluß trug Wolodja davon – er spielte mit ihm wie mit einem Ball. Wolodjas Körper funkelte im Sonnenschein, die Birke lag schon weit hinter ihm. Wolodja schwamm zur Flußmitte, aus der ein großer Stein ragte. Er war von einer regenbogenbunten Wolke gekrönt.

Der Fluß riß Wolodja mit sich fort, der Stein mit der regenbogenfarbenen Krone kam beängstigend rasch auf ihn zu. Noch einen Augenblick, und Wolodja sprang auf den Stein wie eine Katze und stand auf ihm. Er stand inmitten schäumender Spritzer, im Rahmen des Regenbogens. Nach einer Atempause sprang er wieder ins Waser, schwamm und kam erst weit unten ans Ufer, wo der Wald ans Wasser tritt. Langsam ging er zurück, erschöpft zitternd, sich an der Sonne trocknend. Jetzt waren beide zufrieden, der Fluß und der Junge. Wolodja kam es sogar vor, als ob der Fluß sich müde gespielt hätte und ruhiger wurde.

»Ach du, Ilytsch! Mein Lieber! Mein Guter!« sang Wolodja. Er fühlte im ganzen Körper eine kühle Leichtigkeit. Es schien ihm, als würde er sich gleich, gleich von der Erde losreißen und in den Himmel fliegen.

Aber sein Hunger wurde zu einem Wolfshunger.

Als er sich angezogen hatte, nahm er seine Angel, lief ans Wasser und warf eine kleine selbstgemachte Fliege an der Angelschnur in das dunkle Wirbeln des Flusses – über einem unsichtbar am Grunde liegenden Stein. Eine Äsche biß sofort an. Das Wasser brodelte auf wie von einer kleinen Unterwasserexplosion, die Leine wurde straff, die Angelrute bog sich, und Wolodja schwang den Fisch ans Ufer. Einige Minuten später fing er eine zweite Äsche, dann eine dritte. Die Äschen waren groß, bis zu einem Kilo schwer; sie hatten stumpfe Köpfe, einen langgezogenen, zigarrenförmigen Körper. Die obere Flosse wie ein Flügel, dunkelblau, die unteren Flossen und der Schwanz dunkelrot schillernd – sie sahen wild aus, wie Wasser-Raketen! Während Wolodja sie an den Kiemen zum erloschenen Scheiterhaufen trug, glotzten die Fische ihn erstaunt an, ihre Körper zuckten, die Flossen waren gesträubt.

Schade, sie zu braten, dachte Wolodja. Aber was soll ich tun, ich muß doch essen! Wolodja warf die Fische ins Gras, und sie begannen zu tanzen. Er brach Reisigholz, von dem der Tau bereits abgetrocknet war, und strich ein Streichholz an. Das Feuer knisterte und kroch an den Zweigen aufwärts. Am Scheiterhaufen wurde es rasch heiß. Wolodja sammelte die nach allen Seiten entsprungenen Fische auf. Sie waren bereits ohne

Leben und büßten in der Sonne ihren Glanz ein. Er begann sie zu säubern. Es war besser, sie im Ganzen in der Asche zu bakken, aber es dauerte so lange, bis die Asche heiß genug war. Da beschloß er, zwei zu braten, den einen Fisch aber roh zu versuchen – mit Salz und Brot.

Wolodja warf noch mehr Zweige und Reisig ins Feuer, die Flamme wurde größer und versprühte Funken. Er nahm die kleinere Äsche und ging mit ihr ans Wasser, stellte sich barfuß auf einen Stein und nahm das Messer aus dem Gürtel, das ihm der Großvater geschenkt hatte. Es war ein Stahlmesser mit beinernem Griff.

Damit schnitt er die Äsche den Rücken entlang auf, wie das der Großvater immer tat. Er öffnete den Fisch vom Kopf bis zum Schwanz und breitete ihn auf dem Stein aus. Vorsichtig nahm er die Innereien heraus, um die Galle nicht zu zerdrücken. Dann schnitt Wolodja den Kopf des Fisches ab und warf ihn, zusammen mit den Innereien, weit hinaus ans Ufer. Und nun wusch er sorgfältig das weiße fette Fleisch und ging zurück zum Scheiterhaufen, der jetzt gleichmäßig und kräftig brannte. Der über Nacht angebrannte Kiefernstamm war nun von den Flammen voll erfaßt. Die Luft rings um den Scheiterhaufen erhitzte sich, wurde über dem Feuer als tanzender Schatten sichtbar und flog davon.

Die Sonne begann zu sengen. Mücken hingen über Wolodja, auch schwarze Fliegen erschienen, und gelblich schwarze Bremsen summten in der Luft wie kleine Hubschrauber. Der Tag war drückend heiß, wie alle Tage in diesem für den Norden ungewöhnlichen Sommer.

Asche war nun genügend vorhanden, man konnte die Fische darin eingraben. Aber Wolodja wollte zuerst die ausgeweidete Äsche einsalzen. Er holte aus dem Leinenbeutel, der an einem nahen Laubbaum hing, das in ein Läppchen eingebundene

Salz. Das Läppchen war dunkel und feucht geworden, denn das Salz hatte den nächtlichen Tau aufgesogen und auch die Feuchtigkeit vom Fluß. Das Salz ließ sich nicht mehr streuen, es blieb in Klümpchen an den Fingern kleben, und Wolodja mußte diese Klümpchen auf dem auseinandergeklappten Fisch verteilen und verreiben. Dann legte er ihn zusammen, steckte ihn in einen Beutel, legte ihn in die Sonnenglut und beschwerte ihn mit einem Stein, damit die Fliegen nicht hineinkriechen konnten. Das Läppchen mit dem Salz wickelte er zu einem Knäuel zusammen und schob es in den Beutel am Stamm. So konnte das Salz gegen Mittag wieder trocken und streubar sein.

Während Wolodja die Äsche zubereitete, lief ihm die Spucke im Mund zusammen, und sein Magen produzierte fieberhaft Säfte in Erwartung der ersten Fleischstücke – aber Wolodja schluckte geduldig wie ein echter Fischer. Er wollte der Äsche Zeit lassen, damit sie Saft speichern konnte. Inzwischen stieß er den brennenden Stamm beiseite, schob den Scheiterhaufen auseinander und begann die glühende Holzkohle wegzuschaufeln. Er entfernte auch die Asche bis zur zerborstenen Erde, die noch rauchte.

Nachdem er die zwei übrigen Äschen in Farnkraut verpackt hatte, legte er sie behutsam auf den heißen Untergrund und bestreute sie mit heißer Asche und glimmenden Holzstücken. Die Holzstücke zischten, verschossen Rauch und züngelten plötzlich wieder mit bläulicher Flamme, im hellen Sonnenlicht kaum sichtbar. Die Glut war nicht rot wie im Dunkel der Nacht, sondern silberbleich. Aber die Hitze war stark, und Wolodjas Haut bedeckte sich mit feinen Schweißperlen. Durch die Luft segelte Asche in leichten Flocken. Wolodja hatte Lust, noch einmal im kühlen Fluß zu baden, aber der Hunger überwog, der Bauch triumphierte. Wolodja verspürte eine leichte Übelkeit, und er wollte nicht länger warten, sondern die gesalzene Äsche in Angriff nehmen. Großvater Martemjan behielt für gewöhnlich solch eine frisch eingesalzene Äsche oder auch einen Lachs eine Stunde lang im Beutel, wenn die Sonne draufschien, im Schatten etwas länger, aber Wolodjas Geduld war nun erschöpft. Er holte aus der Leinentasche ein Stück Brot, nahm den Sack mit dem eingesalzenen Fisch und setzte sich auf dem Felsbrocken zurecht, auf dem er sich ausgezogen hatte, also nahe dem Wasser, wo es weniger Mücken gab.

Er räusperte sich rauh, als er den Beutel öffnete, in dem die Äsche lag. Im Beutel floß bereits bernsteinfarbener Saft an den durchsichtigen Falten entlang. Das Salz hatte den Saft aus dem Fisch gezogen. Wolodja öffnete den Beutel so weit, daß er ein wenig von der brennend salzigen Flüssigkeit schlürfen konnte. Dann räusperte er sich wieder. Es war komisch, daß sein Räuspern so rauh war wie das des Großvaters. Wolodja mußte lachen. Sein Lachen vermischte sich sonderbar mit dem Rauschen des Flusses. Nun biß er ein Stück Brot ab, wickelte die ausgeweidete Äsche aus und legte sie auf den Stein, mit den Schuppen nach unten. Dann holte er sein Messer hervor, wischte es an der Hose ab und schnitt vorsichtig eine Scheibe ab. Das Fleisch troff von Fett und Saft, es war bereits etwas gelb geworden, also hatte das Salz angegriffen. Direkt unter der Haut kam, wenn man das Fleisch sorgfältig abschälte, eine dünne bräunlichrosa Schicht zum Vorschein, ein Zeichen für den edlen Fisch. Die Äsche hat fast keine Gräten, wenn man vom Rückgrat und den dünnen Rippen absieht.

Wolodja begann zu essen. Er sah prüfend jedes Stück an, bevor er es in den Mund steckte, und bei jedem Bissen verscheuchte er zuerst die Mücken. In den ersten Augenblicken seiner Mahlzeit sah Wolodja nur die Fischhappen, sonst nichts. Ufer, Fluß, Himmel und Berge waren verschwunden. Aber im Geschmack der Äsche spürte Wolodja vieles: Sonne, Wasser, Gras, auch den Fisch natürlich, und das alles war leicht berührt vom Salz, nur eben an der Oberfläche; weiter innen war das Fleisch der Äsche süß und fest, und es knirschte unter den Zähnen. Wolodja aß ohne Hast, er kaute jedes Stück ausgiebig. Als ungefähr der halbe Fisch verzehrt war, lief Wolodja ans Wasser und trank sich satt.

»Oh!« sagte er, tief ein- und ausatmend. Dann reckte er sich, stand über dem Fluß und sagte noch einmal »Oh!« Mehr zu sagen war nicht nötig. Alles, was da um ihn war, verstand ihn auch ohne Worte.

Langsam ging Wolodja zurück. Auf seinen Lippen war noch der Geschmack des verzehrten Fisches. Er wischte sich das Wasser nicht vom Gesicht, es lief ihm in den Kragen, und die feinen kalten Rinnsale kitzelten die Haut angenehm.

Den Rest des Fisches wickelte er in die Schuppenhaut und verstaute ihn im Beutel, dann kehrte er zu seinem Scheiterhaufen zurück. Der kleine Aschenberg über den eingegrabenen Äschen war schon weiß geworden. Der Kiefernstamm war durchgebrannt, in zwei Hälften zerfallen und erloschen. Nach Wolodjas Berechnungen mußten die Fische fertig sein. Den ersten Hunger hatte Wolodja gestillt, aber er hatte Lust, noch mehr zu essen. So schob er mit einem Stock die warme Asche auseinander. Innen, in der bläulichen Asche, waren noch rote Feuerfunken und verkohlte Holzstückchen. Das Gras rings um die Fische war versengt.

Der Geruch von gebratenem Fisch wehte Wolodja ins Gesicht. Er zog die Äschen heraus, legte sie ins Gras und setzte sich daneben. Er wartete, bis die Fische etwas abgekühlt waren. Wurden sie zu heiß gegessen, ging jeder Geschmack verloren. Er schnitt sich ein Stück Brot ab – ein ganz kleines, denn mit Brot mußte er sparen – und fing an, mit dem Messer schmale Stücke des bräunlichgelben Fleisches abzulösen und in den

Mund zu schieben. Er salzte diesen Fisch nicht, denn Salz verdarb den Duft, und die Äsche hat ohnehin, im Ganzen gebakken, einen feinen Beigeschmack von Salz.
Wahrscheinlich kommt das von den Innereien, dachte Wolodja, während er das Fleisch kaute. Die Innereien kamen langsam unter den Fleischschichten zum Vorschein: die bläulichweiße Schwimmblase, der rosafarbene Rogen, die braune Leber, das Herz und die giftiggelbe Kapsel der Galle neben den halbrunden Kiemen – das alles schwamm in einem durchsichtigen Saft.
Wolodja wurde langsam satt. Er hatte das Bedürfnis, Tee zu trinken, ein wenig im Gras auf dem Rücken zu liegen und in den Himmel zu schauen – aber nein! Er mußte weiter! Er war erst den zweiten Tag unterwegs, und die vor ihm liegende Strecke war noch – uch! – so lang!
Für das Frühstück war viel Zeit draufgegangen. Die Sonne stand schon steil über Wolodjas Kopf. Zeit zu gehen. Wolodja streckte seine eingeschlafenen Beine, und ohne aufzustehen löschte er den Scheiterhaufen. Dann wickelte er seine Angelschnur auf, verstaute das restliche Fischfleisch im Leinenbeutel, auch das Brot, warf sich den Beutel über die Schulter und ging flußaufwärts. Der Pfad wand sich am Ufer zwischen grasüberwachsenen, riesigen Felsbrocken dahin. Seit in der Taiga Menschen und Tiere leben, zieht sich den Ilytsch entlang, von seiner Quelle bis zu Mündung, an jedem Ufer ein Pfad. Diese Pfade sind einander ähnlich wie Zwillinge und doch ein wenig verschieden. Manchmal laufen sie am Wasser dahin, manchmal etwas abseits, manchmal weit fort vom Fluß, wenn ein Felsen ins Wasser ragt oder ein Moor sich ausbreitet. Wenn der Pfad das Hindernis umgangen hat, kehrt er zum Fluß zurück, so daß es fast unmöglich ist, sich zu verirren. Ja, und auch auf dem Fluß selbst ist ein Verirren so gut wie ausgeschlossen. Flüsse

münden in andere Flüsse oder in einen See oder ins Meer – und irgendwo an den Ufern leben Menschen. Wolodja war unbesorgt.
Er wanderte auf dem kleinen Pfad stromaufwärts. Der Fluß kam ihm entgegen, auch die Sonne. Wolodja ging geradewegs nach Osten, auf den Kamm des Ural zu, der immer wieder über den Wipfeln der Taigabäume auftauchte. Die Sonne wanderte nach Süden und gleichzeitig mit Wolodja auch stromaufwärts, denn die Sonne hat einen Zauberschritt. Wolodja hatte oft darüber nachgedacht, wie interessant die Sonne über den Himmel wandert und mit ihr Mond und Sterne.
Wolodjas Gedanken blieben nicht stehen, sie zogen mit ihm. Manchmal gingen sie neben ihm den Pfad entlang, hüpften über Steine und sogar Bäume, über Wellenspritzer, flogen zur Sonne, zum Mond und zu den Sternen. Jetzt eben waren Wolodjas Gedanken zu Großvater Martemjan davongesprungen. Nicht in seine Hütte, wo er jetzt wohl saß und Tee trank, sondern zurück zum vorigen Winter, als der Großvater Wolodja auf die Jagd mitgenommen hatte. Gedanken kennen keine Grenzen, keine Entfernungen und keine Zeit. Wolodja sieht sich mit seinem Großvater in der zugeschneiten Taiga auf der Bärenjagd. Sie sind auf Skiern unterwegs. Komisch sieht Wolodja aus, in hohen Filzstiefeln, mit einer Ohrenmütze auf dem Kopf, in einem langen Pelz, über den ein weißer Kittel gezogen ist. Auch Großvater Martemjan hat einen weißen Kittel über seinem Halbpelz an, ebenso sein Bruder Iwan. Alle drei sind sie in Weiß, damit sie auf dem Schnee nicht so leicht zu erkennen sind. Der Schnee ist tief, man kann nur auf Skiern über ihn gehen. Der Großvater und der Bruder haben Gewehre über der Schulter hängen, Wolodja aber geht nur so mit. Großvater hat es ihm erlaubt, nach langem Bitten. Endlich darf er das erstemal zu einer Bärenjagd mitkommen!

Sie gehen ohne Hast, Großvater und Iwan nebeneinander, Wolodja beeilt sich, um mit ihnen Schritt zu halten. Die niedrig stehende rote Sonne begleitet sie durch den schwarz-weißen Wald und wirft blaue Schatten zwischen die Baumstämme. Wärme kommt von dieser Sonne nicht, es friert! Der Frost kneift Wolodja in Nase und Wange, nur sein Körper ist warm vom Gehen, sogar heiß. Wolodja sieht vor sich den breiten Rücken Iwans; er beobachtet, wie sein Bruder die Skistöcke gleichmäßig hoch schwingt. Wolodja kann kaum folgen, aber er gibt sich Mühe.

Still ist es in der Taiga, nur der Schnee knirscht. Der Schnee liegt als flauschiger Teppich über der Erde; und auf kahlen Zweigen, auf den Tatzen der Tannen und hohen Baumstümpfen liegt er in weißen Kappen. Berührt man einen Zweig, stiebt Silber in die Augen. Die ganze Welt ringsum ist silbrig-blau, ein wenig mit Rosa angehaucht, das von der trägen, kurzlebigen Sonne kommt. Das Bärenlager, das sie gleich erreichen werden, haben sie bereits im Herbst ausfindig gemacht. Jetzt führt Großvater sie dorthin...Wolodja geht am sommerlichen Ilytsch-Ufer entlang, auf dem schmalen Pfad zwischen Felsbrocken. Er sieht den Fluß, die fernen verschneiten Berge, die grüne, buschige Taiga – vor seinem inneren Blick aber ist nacktes Dickicht in hartem Frost, er hat die Rücken von Bruder und Großvater vor sich, gekrümmt bei Anschleichen auf Schneeschuhen... und nun stoßen sie auf die Bärin... Plötzlich bleibt Wolodja wie erstarrt auf der Stelle stehen. Die Bärin hockt im auseinandergerissenen Lager und dreht und wendet sich unbeholfen. Sie ist dunkelbraun, voll Schnee. Unter ihrem großen Bauch, an dem vorjährige Blätter kleben, hat sie die Vorderbeine plump auseinandergestellt, sie stöhnt.

Wolodja fängt ihren Blick auf, der aus merkwürdig sanften, ein wenig verschleierten Augen kommt. Sein Herz klopft laut, er sieht, wie sein Bruder das Gewehr hebt, aber im gleichen Augenblick schreit der Großvater Iwan an, schlägt mit dem Stock auf das Gewehr des Bruders. Ein Schuß fällt, Schnee stäubt auf, und die Bärin, das sieht Wolodja genau, sitzt weiter da und stöhnt, als sei überhaupt nichts geschehen. Dann verkleben Tränen und Schnee Wolodjas Augen, er fühlt, wie Großvater Martemjan ihm von hinten die Arme um die Schultern legt und ihn zur Seite zerrt... Und in diesem Augenblick ist hinter ihrem Rücken ein hohes durchdringendes Winseln zu hören, das nicht von der Bärin, sondern von einem eben geborenen Bärenkind kommt.

Niemals wird Wolodja das vergessen! Bis in die Ewigkeit wird er sich daran erinnern! Damals gingen sie fort und ließen die Bärin mit ihrem Kind allein zurück...

Und nun wanderte Wolodja wieder durch die Taiga und hing seinen Gedanken nach. Der Fluß lief neben ihm her. Er murmelte leise, wenn das Ufer flach war, und wurde lauter an den Stromschnellen, wo ihn Felsblöcke aufhalten wollten.

»Beeil dich, Wolodja!« sagte der Fluß. »Sonst geht der Großvater zur Jagd und ihr verfehlt euch! Nur zu, Wolodja!«

Und Wolodja marschierte schneller. Die Angelrute auf seiner Schulter schwankte. Der kleine Kessel und der Becher im Rucksack klapperten, wenn er über Steine und Wurzeln sprang. Immer heißer wurde es Wolodja vom Gehen und von der Sonne. Es war ein erstaunlich warmer Sommer dieses Jahr, so hoch im Norden! Schweiß begann über Wolodjas Gesicht zu laufen, auch über seinen Rücken. Wie Geschosse flogen ihn die Bremsen an und versuchten sich bis zum Blut durchzubeißen. Es gelang ihnen auch, obwohl sich Wolodja ihrer hastig erwehrte.

Bald habt ihr ausgesungen! dachte Wolodja. Und auch für die

Mücken ist die Zeit bald um. Bedankt euch, daß in diesem Jahr das Wetter so heiß ist!

Er kam auf eine Anhöhe und sah auf den Fluß hinab, der ohne Hindernisse glatt und schnell dahinfloß. Ein Boot sollte man jetzt haben, dachte Wolodja. Im Boot beißen einen weder Bremsen noch Mücken. Über dem Wasser weht immer ein kleiner Wind, und ein Motorboot stiebt so rasch dahin, daß all das Insektenvolk zurückbleibt. Und man kann im Boot in kurzen Hosen sitzen und sich sonnen.

Bei solcher Hitze ist es auch in einem Hubschrauber gut, obwohl es da auch manchmal Bremsen gibt und Mücken und Fliegen - ach, eine Unmenge! Aber im Hubschrauber beißen sie nicht. Sie drängen sich an die Scheiben, hängen in schwarzgelben Klumpen an den Fensterrahmen und flattern vor Entsetzen. Und doch fliegen sie freiwillig in den Hubschrauber ein, wenn er steht. Sieht so aus, als wollten sie unbedingt einmal mitfliegen! Wolodja lächelte unwillkürlich und wischte eine Bremse von der Stirn. Man sollte euch alle in einen Hubschrauber setzen! dachte er.

Plötzlich erinnerte er sich, wie er mit dem Bruder Iwan auf einer MI-4 zu den Geologen flog. Ein Pferd wurde dorthin gebracht. Und Gurken. Frische, grüne Gurken, eine Seltenheit im Norden, denn sie wachsen hier nicht. Man transportiert sie in Flugzeugen. Und Äpfel ebenso. Sogar Apfelsinen. Großvater Martemjan hat erzählt, daß es in seiner Kindheit überhaupt keine Gurken und Apfelsinen an der Petschora gab. Äpfel ja, die kamen vor, im Jahr vielleicht so zwei Äpfelchen, sofern einem jemand welche schenkte. Aber damals, als Wolodja mit Iwan fliegen durfte, brachte der Hubschrauber zwei Riesennetze voll Gurken in den Norden, und Wolodja aß so viele, bis er nicht mehr konnte! Er liebte Gurken.

Das Pferd hatte während des Fluges große Angst. Es lag, in ein

Segeltuch gehüllt, auf dem Boden, in der Enge direkt neben den Gurken, und auch Wolodja lag neben den Gurken, zusammen mit dem Pferd. Gewöhnlich saß er neben dem Bruder oder hinter ihm, nun aber lag er neben dem Pferd, den ganzen Flug über, streichelte den klugen, großen Kopf und beruhigte es. Die Augen des Pferdes hatten die Farbe reifer Wacholderbeeren, nur waren sie durchsichtig und riesengroß. Wolodja blickte immer wieder in diese Augen, in denen sich der helle Himmel und die weißen Wolken spiegelten. Das Pferd war zufrieden, daß die Bremsen es in Ruhe ließen. Bremsen sind uralte Pferdefeinde!

Wolodja war ein gutes Stück auf dem Uferpfad weitergekommen. Er blieb stehen und sah sich um. Die ruhige Flußstrecke lag hinter ihm. Nun schäumte das Wasser, weil das Flußbett flach und felsübersät war. Es sah so aus, als wären die Steine unbemerkt vom Ufer in den Fluß gelaufen, um sich abzukühlen, nun zischten sie dort im spritzenden Gischt. Ans Ufer aber waren Bäume gelaufen, und zwischen sie war das Moor gekrochen. Hier und da standen verdorrte Laubbäume und Tannen. Gutes Material zum Bau eines Floßes! dachte Wolodja. Er wußte, daß Reisende an solchen Plätzen gern eine kleine Werft einrichten – um ein Floß zu bauen und den Fluß hinabzufahren. Aber Wolodja wollte stromaufwärts!

Mittag war vorüber, und nun kam die größte Hitze. Über dem Rand des Moores tanzten graue Mückenwolken. Sie hatten Wolodja bereits zum Kochen gebracht. Jetzt holte er aus der Tasche ein Mückenabwehrmittel, das er von Iwan hatte, und rieb sich Gesicht, Hände und den Hals damit ein. Sofort hörten die Mücken auf, ihn zu quälen. Eine wunderbare Sache war diese Flüssigkeit! Aber Wolodja mußte sparsam damit umgehen. Zu Hause konnte man dies Zeug von Piloten oder Geologen bekommen, und manchmal hatten es auch die Fischer; aber im allgemeinen war es eine Mangelware, denn es wurde zu wenig eingeführt. Wolodja beschloß, Mittag- und Abendessen zusammenzuwerfen. Bis zum Abend mußte er das Moor hinter sich bringen, dann ging es ein Stück durch den Wald, und dann kam man wieder ins offene Gelände. Dort wollte er übernachten. An einem offenen Platz gibt es weniger Mücken, und dort ist es überhaupt angenehmer, sauberer und lustiger.

Wolodja ging weiter, über seinem Kopf die Mücken und die Bremsen und die Sonne und ein einsames weißes Wölkchen. Der Fluß kam ihm entgegen. Steine, Sträucher, Bäume und Moorhügel begrüßten ihn freundlich und begleiteten ihn ein Stück weit. Nur die Berge über den Wipfeln der Taiga verharrten majestätisch an ihrem Platz, blau, mit Adern aus Schnee, weit hinten am Horizont.

Wolodja schritt zügig aus. Ab und zu wehrte er die wütend anfliegenden Bremsen ab. Die Mücken wagten es nicht, die eingeriebene Haut zu berühren, sie begleiteten Wolodja nur mit ihren aufdringlichen Wolken. Die Bremsen aber bissen! Die Chemie bedeutete ihnen nichts.

Der Pfad wand sich zwischen grasbewachsenen Moorhügeln dahin. Manchmal verlief er sich ins Geröll am Ufer, und hier, auf den Steinen, wurde er unsichtbar. In der Luft stand schwer der Geruch von Moor, Wasser und faulendem Gras, und plötzlich mischte sich Brandgeruch ein. Wolodja blieb für einen Augenblick stehen und schnupperte. Ganz deutlich roch es nach Feuer, obwohl ringsum nichts zu sehen war. Er ging weiter – kein Brandgeruch mehr. Es war, als wäre Wolodja durch ihn hindurchgegangen wie durch eine unsichtbare Wolke.

Der kam von irgendwoher angeflogen, dieser Geruch, dachte Wolodja. Kam angeflogen und blieb hier stecken – und dabei weht doch gar kein Wind!

Wolodja erinnerte sich, wie er mit Iwan zum Löschen eines

Waldbrandes geflogen war. Der Brandgeruch verfolgte sie damals den ganzen Flug über, ja, während der fünfundvierzig Flugminuten entdeckten sie in der Taiga vier Brände! Brände waren in diesem sengenden Sommer häufig, weil seit dem Frühling über der Taiga nicht ein einziger Regen niedergegangen war. Eine schreckliche Sache ist das! Der Wald stirbt, Tiere kommen um, sogar Menschen müssen manchmal sterben: beim Löschen des Feuers oder wenn der Waldbrand einen Wanderer in der Taiga erwischt.

Hauptsächlich entstehen diese Brände an den Flußufern, dort, wo die Jäger- und Waldläuferpfade sind. Sie werden durch brennende Zigarettenkippen und nicht vollständig gelöschte Lagerfeuer verursacht. Aber wie entsteht ein Brand weit weg von ausgetretenen Pfaden, inmitten tiefster Wildnis? Einmal sah Wolodja einen Feuerschaden an einem völlig einsamen Platz, fern jeder Behausung und fern aller Pfade. Sein Bruder erklärte ihm, daß es in der Taiga auch Selbstentzündung gibt. Trockenes Gras oder Moos können sogar durch einen Tautropfen in Brand geraten. Der Tautropfen spielt die Rolle eines Vergrößerungsglases. Natürlich, ein seltener Fall, aber bei großer Hitze möglich. Der runde volle Tautropfen über einem ausgedörrten, fast pulverartigen Moos kann die Sonnenstrahlen in einem Brennpunkt sammeln, das zunderdürre Moos fängt an zu glimmen, die Glut kriecht weiter, faßt trockene Flechten an Baumwurzeln, greift über auf Reisig und vergilbtes Gras, gewinnt an Kraft, umarmt abgestorbene Sträucher, bis sie aufflammen wie eine Fackel – und schließlich verbrennt alles auf viele Kilometer im Umkreis.

Es kommt auch vor, daß die Taiga an der Oberfläche ausbrennt, das Feuer sich unter die Erde in den Torf verzieht und dort monatelang schwelt. Versucht mal, so ein Feuer zu löschen! Es muß aber gelöscht werden! Wolodjas Bruder Iwan,

Kommandeur einer Abteilung, hat den ganzen Sommer gegen das Feuer angekämpft, und diese Brände haben ihn fast zu Tode gequält...

Vor ungefähr anderthalb Monaten nahm er Wolodja einmal mit. Sie flogen zu dritt: Alfred Petschkin war mit dabei. Er saß neben Iwan mit der Landkarte vor sich und vermerkte auf ihr die Brandherde. Er hatte einen deutschen Vornamen, aber alle seine Kameraden nannten ihn Alik.

Wolodja hatte es sich hinter Iwan auf einer Eisenkiste bequem gemacht. Er stand auf den Knien und blickte Iwan über die Schulter. Wolodja sah begierig zu, wie Iwan das Flugzeug steuerte. Iwan hielt mit beiden Händen den Steuerknüppel, der wie ein Gehörn aussah, und vor ihm, auf dem Armaturenbrett, leuchteten Signallämpchen auf, blinkten und verlöschten. Wolodja versuchte gar nicht erst, die vielen Knöpfe und funkelnden Hebel zu zählen.

In einem Hubschrauber ist es hell, viele Fenster sind da, vorn und an den Seiten und auch unter den Füßen. Die geblümten Gardinen sind zurückgezogen und zittern gemütlich. Alik und Iwan haben Helme mit Hörern auf, sie unterhalten sich über Funk. Wolodja aber hört nur das Motorengebrüll. Es hallt in seinen Ohren, der Hubschrauber bebt, beschreibt eine Runde über dem Flugfeld und neigt sich auf die linke Seite. Da steht die Erde so schräg, daß Wolodja fürchtet, jetzt sofort müssen alle Häuser von ihr abrutschen wie von einem Teller! Wolodja kann es zwar nicht hören, aber er weiß, worüber sich Iwan mit Alik unterhält. Über die Brände sprechen sie, und zu welchem sie zuerst fliegen sollen.

Sobald sie sich vom Flugfeld abgehoben hatten, sahen sie in der Ferne zwei Rauchfahnen. Eine der beiden steuerten sie an. Die Erde lag unter dem glühenden Himmel wie in einem gelblich-milchigen Meer. Die geraden Straßen und Bauten rings um den

Flugplatz, das Sägewerk, die Ortschaften und der Hafen mit den braunen Nußschalen, den Dampfern in der Petschora, deren Ufer unter einer Schicht aus Sägemehl liegen – all das blieb hinter ihnen und glitt fort zum Horizont. Vor ihnen und zu beiden Seiten entfaltete sich weit der schöne, farbenfrohe, unberührte Teppich grüner Wälder und gelber Moore, durchschnitten von Streifen hellblauer kleiner Flüsse und Seen. Besonders schön machten sich die Seen im Rahmen bewaldeter Ufer; in ihnen spiegelten sich die Bäume und der Himmel. Der Schatten des Hubschraubers zog geheimnisvoll und lautlos über Seen, Flüsse, Wälder und Moore. Bald wurde der Schatten größer, bald kleiner, er veränderte auch seine Umrisse je nach der Erdformation. Manchmal sah es aus, als wollte er sich vom Boden losreißen und zum Hubschrauber auffliegen, aber er konnte es nicht. Und darum regte sich der Schatten auf, bewältigte in rasender Eile wildestes Dickicht, zerzauste Schluchten, spitze Berge und glattes Gewässer. Und nicht eher konnte sich dieser Schatten beruhigen, als bis der Hubschrauber sich zur Erde niederließ und auf seinen drei Punkten stand. Dann schlief der Schatten endlich ein und schmiegte sich an den Schwanz und an die Räder. Jetzt aber jagte er dahin wie ein gehetztes Rennpferd. Die Sonne hing rechts und begleitete den Hubschrauber. Sie schien so grell, daß es unmöglich war, sie anzusehen.

Bald darauf umflogen sie den Brandherd und zogen die Kreise immer enger. Sie sahen hinunter auf das lautlos brüllende Feuer, auf den milchig-gelb-schwarzen Rauch. Im lauten Hubschrauber erschien ihnen das Feuer lautlos, dort unten aber brüllte es, alles übertönend, was ringsum eine Stimme haben mochte. Und der Hubschrauber kreiste wie ein Insekt, das sich gleich, gleich die Flügel versengen und abstürzen wird, hinein in diese Glut.

Wolodja klebte am Fenster, drückte sich die Nase flach und sah, wie der Rauch in dichten Wellen über die Baumwipfel zog, wie er in Ballen hochwallte und sich als erstickender Schleier nach Osten schob, in Richtung der Uralberge, wohin der Wind wehte. Der Wind, ein unsichtbarer Blasebalg, entfachte die ohnehin riesigen Flammen, die aus Rauchwolken immer wieder hervorschossen und funkensprühend brennendes Geäst hochschleuderten. Es tat weh anzusehen, wie sich die Bäume, noch lebendig, im Feuer zusammenkrümmten...und doch war es ein phantastischer Anblick! Wolodja erwartete, daß gleich neben ihnen auf der Taiga ein furchtbarer Riese aufstand, den Kopf in den Himmel hob und losschimpfte, weil da jemand sein Lagerfeuer löschen wollte. Aber kein Riese erschien. Das mächtige Feuer tobte allein inmitten verlassener Moore und Wälder, und die roten Flammenzungen fuhren bald hier, bald dort, frei und ungebunden heraus aus den Klumpen geballten Rauches. Über dem Hubschrauber verdeckte der Rauch die Sonnenscheibe wie mit einem Schleier. Die Sonne erblaßte, alles ertrank in diesem trockenen gelben Nebel, auch im Hubschrauber wurde es unheimlich gelb, denn er füllte sich mit dem Widerschein des Feuers und des Rauches. Der Rauch kroch in die Nase, in die Augen, und Wolodja sah, wie die am Fenster klebenden Bremsen unruhig wurden und zu Boden fielen. Wolodja fing an zu husten.

Iwan wandte sich um und rief Wolodja lachend etwas zu, aber Wolodja verstand ihn nicht und schüttelte den Kopf. Iwan machte sich nichts aus dem Rauchgeruch, er war vergnügt und lächelte seinem kleinen Bruder mit den hellblauen Augen zu. Er war glatt rasiert, trug eine sorgfältig gebügelte Jacke und ein Halstuch. Wäre nicht der Helm gewesen, der seine braunen Haare an den Seiten abstehen ließ, man hätte glauben können, Iwan wäre nicht im Dienst hier, sondern auf einem Vergnü-

gungsflug. Aber so waren alle Freunde und Kameraden Iwans, und darum mochte Wolodja diese Flieger, und er träumte davon, einer zu werden wie sie.
Auch Alik wandte sich nach Wolodja um. Iwan nahm seinen Helm vom Kopf, reichte ihn Wolodja, und der setzte ihn voll Freude auf, legte die Hörer an und hörte nun Aliks muntere Stimme: »Halt dich fest, Wolodja! Gleich bist du erlöst!«
Wolodja lächelte zurück, als er sah, wie Alik ihm zublinzelte und nickte. Er wußte, was Alik meinte: Gleich fliegen sie in die Ortschaft, um Leute abzuholen. Bis man sie alle zusammen hat, um zur Brandstelle zurückzufliegen, und bis sie wiederkehren, wird Wolodja Zeit haben zu schwimmen, denn gleich neben der Ortschaft ist ein kleiner Fluß.
Der Hubschrauber hatte schon gewendet und raste jetzt über den Wipfeln der zerzausten Taiga niedrig dahin. Mit ihm flog der dünner werdende Rauch. Ein Hubschrauber, dachte Wolodja, ist ja nicht sehr wendig. Dafür aber kann er sich auf jedem beliebigen Platz niederlassen, kann ohne Anlauf starten und kann sich an einer Stelle, in der Luft hängend, halten. Das tut er, wenn er keinen Platz zum Landen findet; über Strauchwerk zum Beispiel oder über einem Sumpf, über Wasser oder über einem Felsen. Dann steigt man mit Hilfe einer Strickleiter aus. Einmal stieg Wolodja selbst auf diese Weise zur Erde hinunter, unter dem Hubschrauber wehte ein mächtiger Wind, der versuchte, ihn von den Sprossen der Strickleiter zu stoßen. Aufregend war das!
Rasch waren sie über der kleinen Ortschaft der Holzfäller. Zuerst sah Wolodja tief unten einen teefarbenen Fluß mit bereitliegenden Flößen an den sandigen gelben Ufern. Die Stämme sahen wie Streichhölzer aus. Dann bemerkte er im Dickicht einen länglichen Kahlschlag, wo eine Straße ausgebaut werden sollte. Es sah aus, als wäre dort ein Ungeheuer

herumgetrampelt und hätte sich gewälzt und die Taiga flachgepreßt und die Bäume geknickt. Und dann öffneten sich plötzlich im Grün am Ufer zwei weiße Straßen, flankiert von Streichholzhäuschen. Diese Straßen fingen im Nichts an und hörten ebenso plötzlich im Nichts auf, wie abgehackt. Sie fielen aus der Landschaft heraus mit ihrer nackten Exaktheit; denn inmitten endlos weiter Sümpfe und Wälder gab es keine einzige gerade Linie.

Alles war hier unregelmäßig und so vielgestaltig, daß sich nichts wiederholte.

Es war Mittagszeit, und auf den ersten Blick konnte man glauben, die kleine, von Sonne überflutete Ortschaft sei ausgestorben, aber das schien nur so.

Gleich wird Alik die Leute mit einem seiner üblichen Scherze auf die Beine bringen! dachte Wolodja, und tatsächlich vernahm er durch die Kopfhörer gleich darauf Aliks übermütige Stimme: »Kameraden! Kameraden! Zieht eure Hosen an und – aidà! auf zum Brand!«

Wolodja fing an zu lachen, Alik lachte in seinem Helm, und lautlos lachte Iwan an seinem Steuerknüppel. Der Hubschrauber flog niedrig über den Schindeldächern der Scheunen und Häuser dahin, über die schattenlosen kleine Gärten, in denen, die Köpfe nach oben gerichtet, Hunde herumsprangen und den Hubschrauber anbellten. Der Hubschrauber hatte unter seinem Schwanz einen mächtigen Lautsprecher, der Aliks Stimme hundertfach verstärkte. Über den Häusern dröhnte diese Stimme: »Kameraden, zieht eure Hosen an!«

Komisch war das, man stellte sich vor, daß da unten alle Leute ohne Hosen auf ihren warmen Öfen saßen!

Nachdem der Hubschrauber brüllend und krachend zwei Runden über der verschlafenen Ortschaft gedreht hatte, flog er zu einer grünen Wiese am Flußufer und landete dort. Ihm entge-

gen liefen bereits alle Jungen und alle Hunde, und dann kamen auch die Erwachsenen, Holzfäller und Traktoristen. An alles, was mit diesem Flug zusammenhing, erinnerte sich Wolodja, während er einsam den kleinen Pfad entlangging, unter abendlichem Himmel neben dem murmelnden Fluß. Man hatte ihn nicht zu den Löscharbeiten mitgenommen, denn das war zu gefährlich, und zudem war der Hubschrauber klein. Mit Mühe konnte man acht Mann befördern. Und so badete Wolodja eben zusammen mit den Jungen und den Hunden im Fluß, während Iwan dreimal nacheinander Männer zu den Löscharbeiten wegbrachte.
Der Fluß war klein und ruhig, sein Wasser braun wie Tee und sein Grund aus Sand und Lehm gemischt – ganz anders als Wolodjas Fluß, der Ilytsch.

Wolodja wanderte jetzt durch dichtes Gras, das ihm bis an die Hüften reichte. Der kleine Pfad war an beiden Seiten zugewachsen, und an den Flußufern sah Wolodja Schilf und Seerosen. Der Ilytsch floß ruhig dahin und filterte durch Schilf und Sand sein ohnehin sauberes Wasser. Über tiefen Stellen war der Fluß glatt wie ein Spiegel und wegen der starken Strömung ein wenig gewölbt. Wolodja blieb stehen, sah dem Fluß entgegen und blickte zurück bis zur Biegung. In das Flußbett schoben sich Vorsprünge – die Wurzeln des Ural. Das Gefälle war nicht zu übersehen, die Strömung drängend. Die Wasseroberfläche erinnerte an ein längliches Vergrößerungsglas in grüner Einfassung. Unaufhörlich kamen spielende Äschen zum Vorschein. Sie schossen wie Glassplitter aus dem Wasser, blitzten in der Sonne, fielen in den Fluß zurück und hinterließen Wellenkreise. Die beste Zeit zum Fischen! Wolodja hätte gerne seine Angel ausgeworfen, aber er bezwang sich und ging weiter.

Bremsen waren nun fast nicht mehr da, nur die Mücken begleiteten ihn in grauen summenden Wolken. Da er sich aber von Zeit zu Zeit einrieb, plagten sie ihn nicht. Wolodja ging wie auf Sprungfedern. Jeden Schritt begleiteten seine Gedanken. Diese Gedanken schwirrten weiß Gott wohin, sie flogen mit Iwan im Hubschrauber, dann wieder waren sie in der kleinen Hütte des Großvaters und dann in der Dorfschule. Er sah sich dort an der Tafel stehen. Was aber am erstaunlichsten war: Seine Gedanken waren auch in Moskau, wo er noch nie gewesen war und das er nur im Fernseher in der Schule kennengelernt hatte. Eigenartig war dieses Moskau. Die Erde war dort ganz und gar in Steine gefaßt, die Häuser waren hoch wie Felsen! Sie mußten toll im Winde schwanken! Man saß in ihnen sicher wie in einer Schaukel, und wenn man zum Fenster hinaussah, schaukelte die Erde in der Ferne...Iwan hatte ihm versprochen, ihn nächstes Jahr im Urlaub mit nach Moskau zu nehmen, und seitdem träumte Wolodja von dieser Reise. Iwan sagte, daß sie in Moskau im Gasthaus »Rossija« wohnen würden, einem riesigen Haus, fast so groß wie halb Moskau! Und er sagte, daß man sich in solch einem Gasthaus leicht verirren konnte, wenn man es von der falschen Seite betrat, und dann fand man nicht mehr heraus.

Wolodja war erschrocken, als er das hörte. Hier, in der Taiga, war alles so einfach und übersichtlich: wo Osten, Süden, Westen, Norden liegt, wohin die Flüsse fließen und wo sich die Berge zusammenballen, um in den Großen Kamm auszulaufen. Dort aber, in Moskau, sind überall nur Mauern, die Häuser gleichen einander, und in den Häusern, wie zum Beispiel im Rossija, sind immer enge Korridore, das wußte Wolodja von Iwan; die sind so lang und einander so ähnlich, daß man immer am selben Punkt herauskommt, wie lange man auch geht. Man findet nicht ins Freie, weil es keinen Horizont gibt,

nach dem man sich richten kann. Wie soll man sich da nicht verirren? Aber, so sagte sich Wolodja, er würde sich immer an Iwan festhalten und keinen Schritt ohne ihn machen!
Lächerlich, wie mich diese Ameise erschreckt hat! überlegte er. Dabei fühle ich mich hier am Fluß fast wie zu Hause. Man geht die ganze Zeit einfach geradeaus und kommt genau dahin, wohin man will...Und dort, wo ich vom Ilytsch abbiegen muß, um den Gebirgszug zu überqueren, ist der Weg so klar wie gedruckt! Ganz ausgeschlossen, vom Weg abzukommen!
Wolodja schritt zügig aus, obwohl er ein wenig müde war. Aber welcher Mann wird denn nicht müde? Ein echter Mann wird selbstverständlich müde, weil er viel arbeitet. Nur ein Faulenzer wird nie müde, denn er liegt immer nur da und speichert Fett! Und auch ein Säufer ermüdet nie, denn er trinkt und schläft nur. Obwohl Alewtinas Vater zugibt – und Wolodja hat das selbst gehört –, daß man vom Trinken sehr müde wird. Und Prokop sieht oft erledigt aus, manchmal sogar so schlimm, als würde er gleich krepieren. Nach den ersten zwei Gläschen ist er noch munter. Dann fängt er an, sich über alles mögliche aufzuregen, redet ohne Unterbrechung und lügt; sieben Meilen gegen den Wind lügt er und einen ganzen Wald voll! Oder er beginnt für nichts und wieder nichts zu tanzen! Aber das alles hält nicht lange an: mit einemmal fällt Prokop hin, auf die Bank oder einfach auf den Fußboden, und er atmet so schwer, als würde er gleich sterben.
Wolodja sieht in die rote Abendsonne und erblickt nicht die Sonne, sondern Prokops Gesicht. Das immer rote Prokopgesicht endet in einem fuchsigen keilförmigen Bart, die trüben, ausgeblichenen Augen verstecken sich in zerknüllten Tränensäcken. Er lächelt mit fauligen Zähnen, als ob er zähneblekkend gleich zubeißen wollte. Seine Hände sind immer feucht, und alle versuchen einen Handschlag mit ihm zu vermeiden;

man muß sich danach immer die Hände abwischen, ekelhaft ist das. Unbegreiflich, daß es ausgerechnet die Tochter dieses Prokop ist, mit der sich Wolodja so angefreundet hat. Wolodja kann sich nicht mehr erinnern, wann diese Freundschaft begann, aber lange her ist es. Wahrscheinlich fing es schon im Kindergarten an. Wolodja spricht natürlich mit niemandem darüber, nur so, für sich selbst, erinnert er sich daran. Damals lebten auch Wolodjas Eltern noch. Sie starben so früh und ließen Wolodja mit dem Großvater allein. Der Tod der Eltern liegt wie ein Stein auf Wolodjas Herzen. Aber obgleich er noch klein ist, ist er doch schon klug. Er quasselt nicht. Und auch Alewtina spricht nicht viel. Darum hat er sich wahrscheinlich an sie angeschlossen – und dabei hätten sie leicht zu Feinden werden können.

Wenn Wolodja mit Alewtina zusammen ist, schweigen sie meistens. Oder sie lesen ein Buch. Sie lesen einander laut vor. Über ihre Eltern sprechen sie nie. Warum etwas zerreden, wenn ohnehin alles klar ist? Dadurch weisen sich echte Freunde aus, daß sie sich gegenseitig auch ohne Worte verstehen. Und wozu einander Schmerz zufügen? Es ist doch sinnlos, seinen Kummer auszubreiten. Lieber schweigen. Warum quälen manche alten Tanten Alewtina so: »Ach, du Waisenkind, das noch einen Vater hat! Wieder hat sich dieser Prokop betrunken und zu Hause getobt...« und so weiter, als ob ihnen Alewtina leid täte. In Wirklichkeit tun sie sich etwas darauf zugute, daß es nicht *ihr* Haus ist, in dem der Betrunkene tobt. Schlimmere Gespräche als solche gibt es kaum. Alewtina ist vor solchen Gesprächen immer davongelaufen, in den Wald. Und hier traf Wolodja sie oft. Da saß Alewtina irgendwo weit vom Dorf am Steilufer, hatte den Kleidersaum über die Knie gezogen, blickte ins schnelle Wasser, hinein in eine tiefe Stelle, und kaute an einem Grashalm... Die Augen sind groß und verweint. Wolodja kommt leise näher, setzt sich neben sie, schweigt, reißt wie Alewtina ein Grashälmchen ab und kaut es und blickt dabei ins Wasser.

Einmal geschah eine merkwürdige Sache. Niemand, außer Wolodja und Alewtina, weiß davon, und niemand wird es je erfahren! Manchmal kommt es Wolodja vor, als hätte er davon nur geträumt. Und dieses erstaunliche Ereignis rollte so ab: Eines Tages spielte Wolodja mit seinen Kameraden in der Pause draußen Schneeball, als plötzlich Alewtina atemlos zu ihm gelaufen kam; sie war rot, zerzaust und außer sich. Sie packte Wolodjas Hand, sah ihm gerade ins Gesicht mit ihren heißen schwarzen Augen und flüsterte hastig: »Du bist im ganzen Dorf der einzige Mensch, Wolodja! Der einzige Mensch!« Sie küßte ihn schnell auf die Schläfe, in die Haare, wahrscheinlich aus Eile und Verlegenheit – und stob davon. Wolodja blieb mit offenem Mund stehen. Er sah etwas blöde aus, wie er so dastand, in der Hand einen Schneeball, den er eigentlich jemanden an den Kopf schmettern sollte. Er hatte vergessen, an wessen Kopf. Um ihn herum liefen die andern, schrien und lachten, er aber stand wie im Traum da.

Dies geschah nach einer besonders schweren Besäufnis Prokops, über die man im ganzen Dorf die Zungen wetzte.

Während dieser Gedanken kam Wolodja an einen hochgelegenen Platz am Ufer. Als er sich dem Platz näherte, schien es ihm, als säße mitten auf der kleinen Wiese im Dämmerlicht Alewtina.

Wolodja war vom Gehen ermüdet, seine Füße taten weh. Er wollte schlafen. Er aß nicht einmal mehr, hängte seinen Leinensack an eine schwarze kleine Tanne, schleppte in der Dämmerung Reisig herbei, legte es auf den freien Platz, legte oben drauf ein mächtiges Holzscheit und zündete den Scheiterhaufen an. Die Flamme fing mit gelben Zungen an zu tanzen und knisterte. Ringsum wurde es plötzlich dunkler. Die Umrisse der umstehenden Bäume und Sträucher verschmolzen mit dem Himmel. Es wurde warm am Scheiterhaufen. Wolodja rieb sich noch einmal gegen die Mücken ein, rollte sich neben dem Scheiterhaufen zusammen und schlief sofort.

Er schlief lange und tief, erwärmt und beleuchtet vom Lagerfeuer. Er lag da, ein kleines zusammengerolltes Bündel auf leerer Anhöhe unter einem unermeßlichen Himmelszelt. Der Fluß sang ein Schlummerlied. Bäume und Sträucher bewachten Wolodja. Wie ein kleiner schlafender Waldgott lag er da. Hätte nicht der Scheiterhaufen gebrannt, wären Bäume und Sträucher zurückgewichen. Aber so versammelten sie sich um Wolodja. Dicht umringten sie ihn, sogar ein wenig beängstigend, und horchten auf seine Atemzüge. Ringsum war Stille. Der herbstlich tiefe Himmel blinkte mit unzähligen Sternen.

Dann aber erwachte Wolodjas Gehirn, obwohl er selbst weiterschlief. Seine Arme und Beine schliefen, seine Hände und Wangen. Nur das Herz und die Lungen schliefen nicht. Und das Blut, das unhörbar rauschte, lief durch Wolodjas Körper, vom Kopf bis zu den Füßen. Und da erwachte das Gehirn und zauberte ein erschreckendes Traumbild.

Wolodja sah sich in einem langen halbdunklen Korridor, der kein Ende hatte, aber irgendwo weit hinten abbog.

»Wo bin ich?« flüsterte Wolodja.

»Wo – wo?« antworteten die endlosen Wände, die von ihm fort und wieder auf ihn zuliefen. »Wo? – Wo?«

»Nun ja: wo?«

»In der ›Rossija‹ natürlich, im Gasthaus bist du!«

»Ist das ein Gasthaus? Das ist doch nur so ein Irrgang!«

»Es ist das Gasthaus ›Rossija‹ und kein Irrgang!« antworteten die Wände hart.

»Und wo ist mein Bruder?« Wolodja gab nicht auf.

Darauf antworteten die Wände nichts. Endlos waren diese Wände. Der Korridor war eng. Wolodja stand einsam in ihm und wußte nicht, wohin er gehen sollte. Keine Türen, keine Fenster waren in den Wänden. Aber Licht kam von irgendwoher, ein unsichtbares, kaltes lebloses Licht.

»Und nicht einmal Ameisen sind zu sehen!« flüsterte Wolodja, im Gras neben dem erloschenen Scheiterhaufen liegend. »Sie haben sich damit großgetan, mir zu helfen, und wenn es nötig ist, sind sie nicht da.«

Er wußte nicht, daß er auf einem freien Platz neben dem Scheiterhaufen lag, er wußte auch nicht, daß es bereits Morgen wurde. Der Osten über dem Fluß wurde blasser. Er sah sich immer nur in diesem engen Korridor. Das Gasthaus hatte keine Zimmernummern und keine Gäste. Nur eins gab es hier, diesen endlosen Korridor. Wolodja beschritt ihn jetzt, schneller und immer schneller, und dann lief er im Kreis, er lief lange wie ein Eichhörnchen im Käfig, bis sich sein Kopf drehte. Als Wolodja neben der glatten stummen Wand auf den steinernen Boden niederfiel, sah er plötzlich Großvater Martemjan neben sich stehen, und fast hätte er vor Freude laut aufgeschrien. Aber er hielt an sich.

»Ich such' dich hier«, sagte der Großvater lächelnd. »Hab' mich selbst beinah verirrt.« Der Großvater stand da wie immer: klein, aber kräftig.

»Laß uns von hier fortgehen«, flüsterte Wolodja. »Ich möchte nach Hause, an den Ilytsch, mir gefällt es hier nicht.«

»Mir auch nicht«, sagte der Großvater. »Man sieht den Himmel nicht! Kein Gras, keine Bäume! Es ist ganz anders als bei uns!«

»Aber wie kommen wir hier heraus?« fragte Wolodja.

»Ich habe verschiedene Wurzeln mitgebracht«, sagte der Großvater und setzte sich auf den Boden. »Sieh hier, in diesem Bündel.« Er öffnete auf dem steinernen Fußboden Großmutters

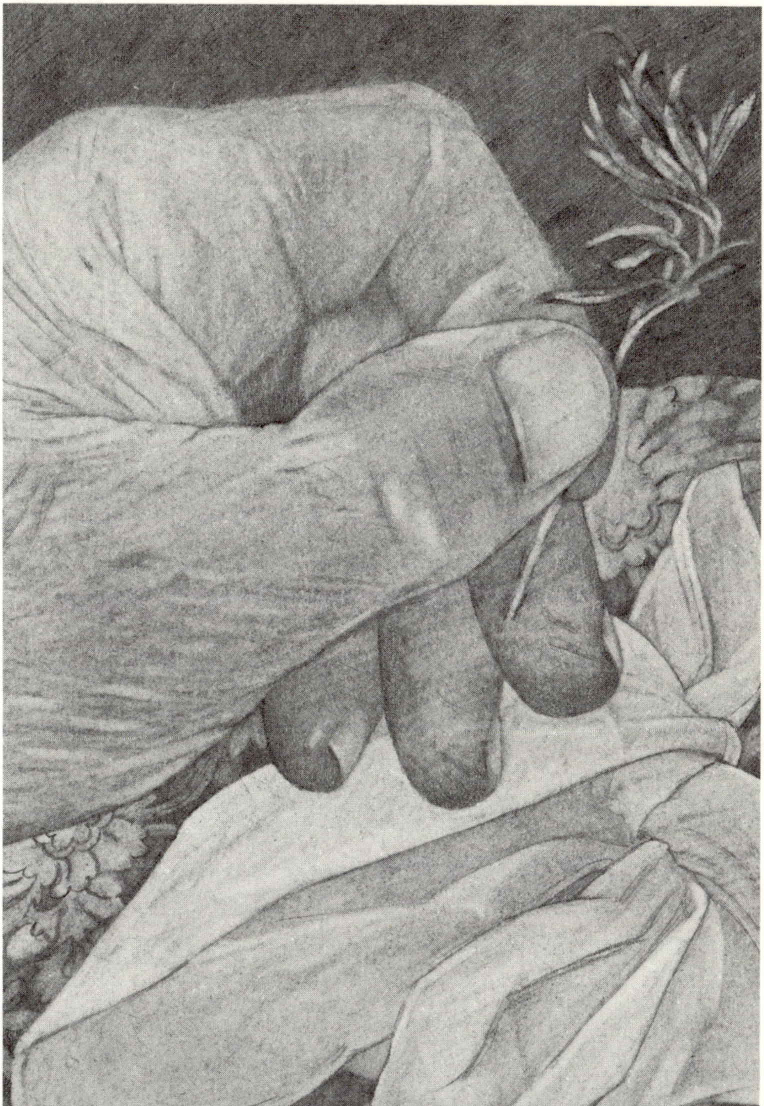

schwarzes Tuch mit den roten Rosen und breitete es aus. Das Tuch war längst ausgeblichen und sah verwaschen aus, aber Wolodja erinnerte sich noch gut daran. In diesem Tuch lagen kleinere Bündel, gefüllt mit verschiedenen Kräutern, die der Großvater in der Taiga sammelte, an den Ufern des Ilytsch und im Dickicht, auf sonnigen kleinen Wiesen und im Sumpf. Nun begann Martemjan in ihnen herumzukramen. Wolodja sah geduldig zu, denn er wußte, der Großvater kramte niemals ohne Überlegung. Gleich würde er die Medizin für ihre schwierige Lage finden.

»Das hier ist Hahnenfuß«, redete Martemjan vor sich hin, während er das Bündel auf- und wieder zuband. »Will man etwas tiefer schlafen, dann ist Hahnenfuß anzuraten; hier nun ist Warzenkraut mit milchigem Saft, der gegen Warzen hilft. Und dies hier ist gut bei Kratzwunden verschiedener Art, Stiefmütterchen heißt es. Und dies ist Bärlapp.«

»Aber wo ist das Kraut, mit dessen Hilfe wir von hier fortkommen?«

»Gleich, gleich«, sprach der Großvater. »Da ist es. Es heißt Duschewnik – Seelenkraut.« Der Großvater holte aus einem zerknitterten Tüchlein trockene, zerbrochene Stengel hervor, an denen hier und da zartrosa Blüten saßen.

»Warum nennt man dieses Kraut Duschewnik?« fragte Wolodja.

»Weil eine magische Kraft in ihm steckt«, flüsterte der Großvater geheimnisvoll und teilte die Häufchen liebevoll auf. »Man muß dieses Kraut immer in einem Säckchen auf der Brust tragen, dann verirrt man sich nie. Von überallher wird einen dieses Kraut nach Hause zurückbringen. Dein Bruder Iwan lacht mich aus, aber was versteht ihr Jungen schon von Kräutern? Hier, steck es unter dein Hemd!« sagte er und gab Wolodja ein Säckchen, das andere behielt er für sich.

»Kommst du jetzt?« fragte Wolodja. »Und in welche Richtung sollen wir gehen?«
»Ich muß mir erst noch den Kompaß vornehmen«, sagte der Großvater. Wolodja wußte, daß der Großvater mit einem Kompaß umzugehen verstand, aber er sprach nie darüber. Man fürchtete Martemjan nämlich deswegen im Dorf. Aber nun im Traum fragte Wolodja den Großvater: »Wie machst du sowas?«
»Weiß ich doch selbst nicht!« sagte der Großvater. »In mir sitzt eben eine magische Kraft!«
»Zeigst du mir das?« fragte Wolodja.
»Man kann das nicht lehren«, sagte der Großvater streng. »Das ist dem Menschen von Gott verliehen. Und nicht jedem. Eine äußerst seltene Gabe ist das. Versuch's mal, vielleicht kannst du es eines Tages auch.«
»Und warum bis du jetzt hier, in der ›Rossija‹? Willst du hier den Kompaß einrichten?« fragte Wolodja.
»Siehst du, was für Korridore hier sind? Die reinsten Irrgänge! Also muß man die Kompaßnadel spielen lassen. Sobald sie stehen bleibt, wird sie diese Kreise durchbrechen. Und wir beide gehen hinaus!«
»Und das Kraut?«
»Das Kraut bringt uns dann sehr schnell nach Hause.«
Der Großvater legte seinen uralten Kompaß auf den Fußboden. Er nannte ihn Weiser. Der Kompaß lag in einer kleinen runden Holzschachtel mit Deckel. Auf weißem Grund stand eine schwarze Nadel. Der Großvater beugte sich darüber und fuhr mit gespreizten Fingern über das Kästchen. Die Nadel begann zu kreisen, und Wolodja merkte, daß auch die Korridore zu kreisen begannen, schneller und immer schneller, in einem endlosen Karussell, das vor den Augen flimmerte, und sie beide, er und sein Großvater, drehten sich mit der Nadel.

Aber da hob Großvater beide Hände, und auf einmal blieb alles stehen. Wolodja fiel hin, schrie, öffnete die Augen und sah, daß er auf einem sonnenbeschienenen Hügel hoch über dem Fluß lag – neben dem erloschenen Scheiterhaufen. Es war Morgen, der Fluß rauschte, die Vögel sangen, und vom Großvater war nichts zu sehen.

Wolodja reckte und streckte sich im Gras, stand auf und blickte um sich. Die Anhöhe befand sich über einem scharfen Knick des Flusses. Etwas weiter stromaufwärts stieß der Fluß auf Klippen, kochte schäumend über diese Schwelle und bog dann ab in die Richtung, aus der Wolodja gekommen war. Hier, an diesem Hindernis mündete der Nebenfluß Sar-Ju in den Ilytsch, und zwar auf der Seite, auf der sich Wolodja befand. Er mußte also den Sar-Ju überqueren, und hier mußte sich Wolodja auch vom Ilytsch für einige Tage verabschieden. Der Ilytsch kam hier genau von Süden. Wolodjas Weg aber führte nach Osten, über den Idschid-Parma-Kamm. Diesem Kamm wich der Fluß in einem großen unregelmäßigen Bogen aus. Wolodja würde den Ilytsch erst dort wieder treffen, wo er von Norden nach Süden floß, an der Ostflanke des Ural entlang.

Vor Wolodja lag nun die schwerste Wegstrecke. Wieder kam ihm die düstere Prophezeiung der Großen Ameise in den Sinn. War es wirklich sein Los, sich zu verirren? Und wo dann? Hier? Aber nein! Von diesem Hügel über dem Fluß sah alles so einfach aus: Wenn er immer geradeaus nach Osten weiterging, dann mußte er auf jeden Fall wieder auf den Ilytsch stoßen, wie man auf einen Schlagbaum stößt. Das war doch klar! Man darf sich nur nicht aufregen! Natürlich, ohne die Hilfe des zuverlässigen Flußlaufes wäre es schwieriger, verwirrender. Aber auch auf den Pfad kann er sich verlassen – wenn er sich an ihn hält. Einen Pfad kann man leichter verlieren als den Flußlauf, zugegeben. Einen Fluß zu verlieren ist einfach unmöglich! Aber es gibt auch noch andere Orientierungsmöglichkeiten: den Gebirgskamm, der quer zum Pfad verläuft, den Berg Ebel-Is und, na, dann gibt es schließlich die Sonne. Und den Mond und die Sterne. Wenn das keine Wegweiser sind!

Wolodja beschattete die Augen mit der Hand und blickte zur Sonne hinauf. Sie stand schon recht hoch, es versprach heiß zu werden. Der Himmel war wieder erstaunlich rein, ohne das kleinste Wölkchen. Wolodja holte tief Luft. Mit ganzer Brust atmete er sie ein und betrachtete dann die Anhöhe, auf der er stand. Der Tau auf Gras und Büschen war getrocknet, nur die Asche des erloschenen Scheiterhaufens hatte sich in der Nacht vollgesogen und war feucht. Über dem rauschenden Fluß hielten sich verspätete Nebelfetzen, einige Äschen spielten, aber weniger munter als am Abend.

Abends spielten sie immer ausgiebig, dachte Wolodja, so ist es bei Menschen und Waldtieren und Fischen. Der Morgen ruft zu ernster Arbeit. Ich weiß nicht, was die Fische zu tun haben, aber bestimmt sitzen auch sie nicht tatenlos herum, sondern haben ihre Mühen und Sorgen.

Er wandte sich nun mit dem Rücken zum Fluß und blickte über die Wiese, die den Hügel krönte. Und da sah er, was er bereits vermutet hatte, als er in der Dämmerung des Abends ankam. Er sah in der Nähe des Waldes die Überreste von Prokops Gehöft. Gegen den Hintergrund herbstlich flammender Birken und Lärchen, grüner Tannen und verschiedener Laubbäume dunkelten zwischen Nesseln und Rosmarin die zerfallenen Überreste des Hauses.

Am Himmel zog, fast ohne die Flügel zu bewegen, ein Falke dahin. Wolodja verfolgte seine Bahn aus den Augenwinkeln und dachte: Na, der fängt Mäuse!

Die weite Wiese war bedeckt von dichtem, überständigem Gras. Von drei Seiten trat die Taiga an sie heran. Sie schickte

Gestrüpp vor, auch kleine Tannen und Zwergbirken. Dahinter standen schlanke, große Birken mit roten Zweigen und lockigem Laub, jedes Blatt nicht größer als ein Kopekenstück*. Und überall, besonders am verfallenden Einödhof, wuchsen üppig Waldweidenröschen. Die hohen, spitz zulaufenden Blütenpyramiden glühten lila vor dem Hintergrund schwarzer, verrotteter Hauswände. Es schien, als ob von diesem glühenden Lila der Blüten sogar die Luft sich lila färbte.

Großvater Martemjan hatte Wolodja viel von diesen Waldweidenröschen erzählt. Sie wachsen üppig auf ehemaligen Brandstätten und auf Einöden, die von Menschen verlassen wurden, und ihnen ist es gleich, welche Art von Menschen dort gewohnt haben, gute oder schlechte. Friedhöfe dagegen liebten sie nicht, dort wachsen andere Blumen. Waldweidenröschen sind die Hüter verlassener Behausungen. Sie lassen sich nieder, wenn alle fortgegangen sind, und ziehen in verlassene Dörfer, in vergessene Höfe und Hütten ein. Auf Zehenspitzen kommen sie an die trüb gewordenen Fenster, steigen die vermoderten Treppenstufen hinauf, betreten leergewordene Räume, leuchten und blühen dort mit ihrem traurigen Lila und flüstern und flüstern zum Gedenken an alles Vergangene...

Wolodja rief sich die Worte seines Großvaters ins Gedächtnis, als er die überwachsenen Gehöftreste betrachtete. In einiger Entfernung tauchten aus wildem Unkraut Überbleibsel anderer Gebäude auf; die Sauna, das Backhaus, eine spitzgieblige Scheune auf hohen, in Nesseln steckenden Säulen, eine Vorratskammer mit einem Hahn auf dem Dach, die aussah wie ein Hexenhäuschen. Wolodja streifte umher, schob mit beiden Händen das übermannshohe Unkraut zur Seite und kam bis an das Ende der Wiese, wo die Taiga begann. Hier traf er unverse-

* Kopeke – sowjetische Münze. 100 K. = 1 Rubel

hens auf einen Bohlenweg, der ins Dickicht führte. Aus diesem Dickicht schlug ihm der Geruch modriger Feuchtigkeit entgegen. Zwischen den durchgefaulten Holzbohlen drängte grellgrünes Gras hervor. Darunter schimmerte rostiges Sumpfwasser. Ein Weg, der ins Nichts führte.
Geht man ihn weiter, kehrt man nie zurück, dachte Wolodja. Dieser Weg kann zu einem Waldgeist führen oder auch ins Jenseits… Früher einmal waren Prokop und dessen Vater, ein wohlhabender Kaufmann, diesen Bohlenweg entlanggefahren, auch Jäger und Aufkäufer von Daunen. Ein reicher Mann war Prokops Vater gewesen! Er hatte Pferde besessen, nicht nur ein paar; auch Kühe und allerlei Geflügel war dagewesen, und zwar in solcher Menge, daß ein Teil davon verwilderte. Und das Backhaus stand nicht zufällig auf dem Hof. Prokops Vater hatte eine »Einkehr« mit Teestube geführt. Die Sauna war stattlich gewesen – kein Vergleich mit den kleinen Badehäuschen in Wolodjas Dorf. Im Winter und im Sommer hatten hier in der Sauna Kaufleute und Jäger geschwitzt. Dann Tee in der Teestube getrunken, auch Wodka. Das war eine Zeit! Prokops Vater fiel dann unter das neue Kulaken-Gesetz*. Er wurde enteignet und in den Osten verbannt, aus dem er nie wiederkehrte. Alles wurde ihm weggenommen. Prokop zog mit seiner Mutter ins Dorf, und der Hof verkam mit der Zeit. Vorüberkommende nahmen ohne Erbarmen mit, was sie brauchen konnten. Den Vater Prokops bemitleidete niemand. Als der Kolchos** gegründet wurde, war das ganze Dorf einmütig für seine Verbannung. Denn Prokops Vater war ein Betrüger und Seelenverkäufer gewesen. Alle im Umkreis hatte er geschröpft. Aller Lachs im Ilytsch gehörte ihm, das gesamte Wild der Gegend.

* Kulak – russischer Großbauer. Die Kulaken wurden durch die Kollektivierung der Landwirtschaft in der Sowjetunion vernichtet (etwa Ende der zwanziger Jahre)

** Kolchos oder Kolchose – zu Kollektivbetrieben zusammengefaßte Bauernwirtschaften

Alles kaufte er für ein Butterbrot zusammen oder nahm es ganz einfach anderen fort, besonders, wenn es sich um die Familien von Verbannten handelte. Hier in der Nähe gab es zu jener Zeit eine Kolonie verbannter Revolutionäre. Und gerade an diesen Unglücklichen hatte sich Prokops Vater bereichert.

Diese Gegend galt als ungesund, sie hatte keinen guten Ruf. In diesen weit zurückliegenden Jahren waren die besten Leute hierher verbannt worden, so sagte der Großvater.

Wolodja kam das sonderbar vor, denn wieso war dies ein schlechter Ort, wenn ringsum alles prangte und in Schönheit blühte und wuchs! Wenn so viel wunderbares Wasser die herrliche Taiga durchfloß! Und dann der Himmel! Die Vögel, das Wild und die Fische! Im Winter war es natürlich ein wenig dunkel, aber schließlich muß sich die Sonne auch mal ausruhen! Dafür im Sommer! Sonne, so viel das Herz begehrt! Und im Sommer gibt es in der Taiga auch fast keine Nacht.

Wolodja sah sich um. Da standen schwere gelbe Glockenblumen im Sumpfgras. Dicht wuchernde Zwergbirken, Tannen und Lärchen – sie schlossen die Wiese von drei Seiten ein. Auf der vierten Seite, hinter dem Fluß, den man des steilen Ufers wegen nicht sah, lag die Taiga, ein grünes Meer. Und über allem leuchtete ein lila Himmel.

Dieser Himmel birgt irgendein Geheimnis in sich, dachte Wolodja. Die gesamte Natur ebenso. Zum Beispiel hier diese Pilze im Gras, zwischen den Holzbalken. Wolodja berührte einen Pilz mit der Hand.

Haben Pilze etwa kein Geheimnis? Warum sehen sie so sonderbar aus, anders als alles andere ringsum. Warum haben sie keine Blätter, sondern runde Hüte? Und warum wachsen sie so oft rund um eine Wiese, im Hexenkreis? Unsinn, das alles! Und dennoch...Pilze haben ihr Geheimnis. So wie Waldweidenröschen und der Himmel. Nur, daß in den Pilzen und den Waldweidenröschen ein *kleines* Geheimnis steckt, im Himmel aber ein ganz großes.

Da beklagen sich die Leute über die Mücken, überlegte Wolodja. Aber die Äschen leben doch von Mücken, und wovon sollte sich die Lachsbrut ernähren, wenn es keine Mükken gäbe? All die Kleinen müßten sterben und die Menschen ohne Lachse bleiben. Und ohne Äschen. An Mücken kann man sich gewöhnen, und es gibt Mittel dagegen. Sie sind gar nicht so schrecklich, auch wenn sie in ganzen Wolken anfliegen. Also liegt das Übel gar nicht bei den Mückenschwärmen der Taiga, sondern bei den Menschen, die an so wunderschönen Plätzen Verbannungslager einrichten.

Über diesen Platz hier hat ihm sein Großvater viel erzählt. Da lebte bei Prokops Vater zum Beispiel ein Verbannter als Arbeiter, ein Fabrikarbeiter aus Moskau. Er saß hier seine lange Strafzeit ab und sparte heimlich für die Flucht, die er im Sinn hatte. Aber ehe er fliehen konnte, erschlug Prokops Vater den Arbeiter und nahm ihm alles Geld ab. Alle wußten das, und es gab auch Zeugen dafür, aber niemand konnte den Fall vor Gericht bringen, weil die örtlichen Machthaber auf der Seite des Kaufmanns standen. Er hatte sie alle in der Tasche.

Irgendwo hier ist der Arbeiter begraben, dachte Wolodja und ließ seine Augen über den traurigen Platz schweifen. Aber vielleicht wurde er nicht einmal begraben, sondern irgendwohin geworfen, ins Dickicht oder in den Fluß...

Wolodja hob den Kopf. Er konnte das Tosen der Stromschnellen hören, wenn auch sehr gedämpft. Hier, über der Wiese, schwebte das vielstimmige Geflüster der Waldweidenröschen: »Erbarmen mit Verschollenen! Erbarmen mit Verschollenen! Alle sind fort.«

»Erbarmen für die einen - aber keins für die anderen!« sagte Wolodja laut in die Einsamkeit hinein. Die Waldweidenröschen verstummten. Den Vater Prokops bemitleidete keiner, dachte Wolodja. Nicht zufällig war ihm alles genommen worden, und nicht ohne Grund wurde er in die Verbannung geschickt. Großvater Martemjan hatte dabei seine Hand im Spiel.

In jenen Jahren war er Vorstand im Kolchos, und so hatte er ein Wort bei der Verurteilung dieses Mannes mitzureden. Seit der Zeit besteht eine Feindschaft zwischen den Familien, und die Feindschaft hat sich nach einer besonderen Begebenheit noch vertieft. Auch davon erzählte der Großvater.

Nicht von ungefähr war Prokop im ganzen Dorf unbeliebt. Ein Sohn ist nicht verantwortlich für die Vergehen seines Vaters, aber Prokop machte sich selbst schuldig. Er begann zu trinken und zu wildern. Er rächte sich dafür, daß man ihnen den Hof weggenommen hatte. Im Frühling, wenn die Tiere der Taiga damit beschäftigt sind, für ihren Nachwuchs zu sorgen, knallte Prokop alles ab, was ihm vor die Flinte kam. Besonders leid tat es Wolodja um die Auerhähne, die Prokop nachts aus der Taiga heimbrachte. Alewtina zeigte Wolodja heimlich diese herrlichen Vögel, wenn der Vater nicht zu Hause war. Auerhähne sind im Frühjahr von großer Schönheit. Zu dieser Zeit sind sie die ›Zarensöhne des Waldes‹. Mit Stimmen, die sich überschlagen, singen sie dann ihre erstaunlichen Liebeslieder in der Morgendämmerung. Sie singen mit gespreiztem Gefieder, der Schweif ist entfaltet wie ein Fächer, sie haben in ihrer Leidenschaft die Augen geschlossen und betäuben sich selbst mit ihrem Gesang – und in solchen Augenblicken tötet sie Prokop. Die Auerhähne machen es ihm leicht, denn sie hören und sehen nichts, während sie ihre Liebeslieder singen. Deswegen heißt der Auerhahn auch Gluchar: der Taube.

»Etwas Gemeineres kann man sich nicht vorstellen«, sagte Martemjan, und Wolodja denkt genauso. Aber nun der Vor-

fall, der die Feindschaft zwischen dem Großvater und Prokop verschärfte. Einmal gegen Ende April, als überall noch Schnee lag, der Frühling aber schon zu spüren war, machte sich Martemjan mit Skiern zum Oberlauf des Ilytsch auf, zu seiner Hütte. Sie lag im Schongebiet, am linken Ufer. Das rechte Ufer war für die Jagd freigegeben, das linke dagegen nicht.
Zu dieser Zeit arbeitete der Großvater als Waldaufseher. Als Vorstand der Kolchose hatte man ihn abgesetzt, weil die Ernte schlecht ausgefallen war, und nun war er also Waldaufseher. Eines Tages machte Martemjan einen Rundgang durch das Revier – ohne Gewehr, wie es das Pech wollte; nur ein Jagdmesser steckte in seinem Gürtel. Leicht ging er dahin, er beeilte sich. Über den Fluß ging Martemjan ruhig, mit gleitenden Schritten, denn das Eis war gottlob noch dick. Sein schwarzer Bart wehte nach beiden Seiten. Der Wind blies ihm ins Gesicht, ein reiner Nordwind. Plötzlich warf ihm der Wind einen Laut zu, einen Schuß. Das war alarmierend. Im Frühling ist die Jagd verboten, auch im Jagdgebiet. Hier aber jagte offensichtlich jemand rücksichtslos, mitten am hellen Tage. Martemjan ging sofort dem Schuß nach, ins schneeverwehte Dickicht, aber vorsichtig, damit der Wilderer ihn nicht bemerkte. Nach kurzer Zeit fielen zwei weitere Schüsse, nun schon viel näher. Und wer, denkt ihr wohl, tobte sich dort im Dickicht aus? Natürlich Prokop! Eine unerhört grausame Tat hatte er an dem Tag begangen: Er tötete eine Elchkuh mit ihrem Kälbchen. Dieser Mord war um so tückischer, als sie am linken Ufer, im Schongebiet also, geschah.
Als sich Martemjan an die Stelle herangeschlichen hatte, weidete Prokop gerade die Elchkuh aus. Er tat es am Ufer, auf dem blutdurchtränkten Eis. Das Elchkind lag daneben, nicht älter als eine Woche. Zorn übermannte Martemjan. Aber was konnte er in diesem Augenblick tun – ohne Gewehr? Ganz

sicher hätte Prokop ihn ebenso bedenkenlos getötet wie die Elche. Stumm in sich hineinfluchend, sah Martemjan, wie Prokop zuerst das warme Blut trank, indem er den Mund an den Hals des Elchs preßte, wie er dann das Fell abzog, die Innereien auf das Eis warf, das Fleisch in Stücke schnitt und schließlich die Knochen mit einer Axt zerhackte.

Vom roten Fleisch stieg ein rötlicher Dampf in die Luft, und in diesem Dampf stand groß die Sonne. Die Sonne war rot, wie mit Blut beschmiert. Es sah aus, als hätte Prokop sie verwundet.

Martemjan wartete, bis Prokop seine finstere Arbeit beendet, seinen Rucksack mit dampfendem Fleisch vollgestopft und die Reste in einer Schneewehe am Ufer versteckt hatte. Dann ging er in einigem Abstand hinter dem Wilderer her. Noch in der gleichen Nacht stellte er ihn, unter Zeugen, genau in dem Augenblick, als Prokop in seiner Hütte das Elchfleisch briet. Große Unannehmlichkeiten gab es damals für Prokop. Die Miliz griff den Fall auf, nahm Prokop das Gewehr weg und entzog ihm für lange Zeit die Jagderlaubnis. Seit jenem Tag haßte Prokop Martemjan noch mehr, die ganze Familie Martemjans betrachtete er als seine Todfeinde.

Während Wolodja das bedachte, kehrte er zum verrotteten Haus auf der Wiese zurück. Waldweidenröschen und Nesseldickicht verrieten ihm, daß sich sehr selten jemand hierher verirrte. Nun ging er ins Haus.

In verlassenen Häusern hat man oft das Gefühl, gleich würde irgend etwas zum Vorschein kommen: ein geheimnisvoller Mensch, ein Flüchtling vielleicht, der sich hier versteckt hält; ein abgerissener Mensch mit einem Bart, so wild wie das Moos an den Balken, oder ein Poltergeist, ein Waldschrat. Es gibt genug solcher Geschichten. Wolodja war schon oft in solchen Häusern gewesen, auch in seinem Dorf. Wenn sie auf dem

Ilytsch entlang fuhren, der Großvater und er, oder wenn er mit seinem Bruder im Hubschrauber den Ural überflog, hatten sie ganze Dörfer solcher verlassener Häuser entdeckt. Schrecklich sahen solche Dörfer aus – als sei die Pest durch sie gegangen. Aber hier hatte nicht die Pest gehaust. Die Einwohner waren nur fortgezogen, in Städte oder in andere Ortschaften.

Immer wurde Wolodja in solchen Dörfern und Einödhöfen vom Gefühl einer großen Schwermut gepackt, er erwartete etwas Unvorhergesehenes – jetzt, jetzt gleich...

Für einen Augenblick blieb Wolodja an der Schwelle des Hauses stehen. Dann trat er in den Hausflur ein. Ein Teil des Daches über dem Flur war noch vorhanden, und darum herrschte hier ein Halbdunkel. Das Licht fiel von oben und von den Seiten ein. Türen gab es schon längst nicht mehr. Ein schwacher Wind blies durch das Haus und beunruhigte die Waldweidenröschen, die hier wohnten. Das Flüstern der Blumen war windleicht, als wollten sie leise zu sprechen beginnen.

Wolodja betrat vorsichtig ein Zimmer. Das Licht war auch hier grünlich-lila. Das kam daher, daß Waldweidenröschen an den Fenstern hochgewachsen waren und weil der Himmel zwischen den Querbalken der Decke durchschimmerte. Der halbverfallene große Ofen wies mit dem Riesenfinger seines Schornsteins zum Himmel, als beschuldige er jemanden für all diese Zerstörung. In der entgegengesetzten Ecke lag eine hölzerne Hängewiege herum; sie war verstaubt, und die Farbe auf dem Holz war ausgeblichen. In dieser Wiege war einst Prokop geschaukelt worden, als er noch ein ahnungsloses Kind gewesen war – man denke nur! Diesen Prokop gab es nicht mehr. Er war längst ausgeschlüpft, trieb sich nun durch die Welt und beging seine Scheußlichkeiten... Unter dem zugewachsenen Fenster stand ein Tisch, auf dem eine blaßgrüne Decke lag, übersät mit gelben, trockenen Blättern. Stoffetzen lagen auf dem grasbe-

wachsenen Fußboden. Das war alles, was es hier gab. Wolodja kehrte in den Flur zurück. Er sah in den dunklen Winkel. Aus den Resten der Decke blickten ihn die riesigen Augen eines todtraurigen Gottes an. Sie blickten durch einen Staubschleier aus Spinnennetz, in dem ausgetrocknete Insektenkörper hingen. Irgend etwas bewegte sich dort, und Wolodja erblickte den einzigen lebenden Bewohner dieses Hauses – eine große Spinne mit einem Kreuz auf dem Rücken. Die Spinne kroch langsam in eine Spalte unter der Ikone. Merkwürdig, daß weder Waldläufer noch Geologen diese Ikone abgenommen hatten. Im Dorf wurde oft nach Ikonen gefragt. Ein Reisender, ein junger, aber schon bärtiger Mann, erzählte Wolodja einmal, daß er als Maler von diesen Ikonen viel gelernt habe.
Wolodja verließ das Haus. »Jetzt werde ich baden, frühstücken und weitergehen«, sagte er laut. »Die Zeit wartet nicht.«
Sonderbar hatte Wolodjas Stimme im leeren Haus gehallt. Die Wände waren schon längst entwöhnt, menschliche Stimmen zu hören, darum empfingen sie Wolodjas Worte verwundert und beantworteten sie mit einem kalten Echo, das traurig und unwirklich klang. In unbewohnten Häusern klingen Stimmen ganz anders. Die Wände knarrten noch lange vor Erstaunen über Wolodjas Worte, die durchgebrochenen Bretter des Fußbodens schwankten in der Erinnerung an die vorsichtigen menschlichen Schritte, der Staub aber tanzte verblüfft in den Sonnenstrahlen, die sich duch die grellen Spalten zwängten.

Wolodja lief bereits unbeschwert den Hügel abwärts. Lehm und Steinchen bröckelten unter seinen nackten Fersen ab, er stützte sich mit der linken Hand auf die Angelrute, mit der rechten auf den Uferlehm. Drunten setzte er sich auf einen glatten Stein, der aussah wie der von gestern, so rund und glatt, als wären die beiden Brüder. Zugleich empfand Wolodja ihn als seinen eigenen Bruder, der nur eben schweigsam, sogar stumm war. Ein Stein, das schweigsamste und unbeweglichste aller Wesen, birgt in seinem Innersten die Kälte von Milliarden Nächten, angefangen vom Morgen, als die Welt erschaffen wurde.

Unter diesem Stein glänzte in goldenem Hellblau eine Felsmulde, gefüllt mit dem durchsichtigen, schnell dahineilenden Wasser und durchstrahlt vom Widerschein des Sonnenglanzes. In dieser Mulde standen fünf Äschen, wahrscheinlich einjährige, alle fünf von gleicher Größe. Diese blauen Äschen sind Gebirgsfische, im Gegensatz zu den braunen in der Ebene. Sie standen hinter- und nebeneinander, zwei vorn, drei hinten, wie in Reih und Glied. Manchmal stob eine von ihnen zur Seite und wedelte mit dem Schwanz eine kleine Sandfontäne auf, die wie Rauch mit der Strömung davonzog, aber sofort nahm die Äsche ihren Platz wieder ein.

Sieh mal an, dachte Wolodja, die sehen mich doch, diese Teufelsbraten! Tun aber, als sähen sie mich nicht!

In diesem Augenblick prallte eine Bremse an Wolodjas Stirn und biß sofort. Wolodja klatschte sie flach und warf sie ins Wasser. Nur eine Sekunde lang lag sie als schwarzes Pünktchen auf dem Wasser – dann war sie weg. Unglaublich, wie rasch der Fisch sie packen konnte! Wolodja hatte die nach oben schießende Rakete nicht einmal verfolgen können – und schon standen die fünf Fische wieder in Reih und Glied unter dem Stein. Wolodja nahm allen Mut zusammen und tauchte. Aber er sah sie nicht mehr, seine Ur-Urbrüder, obwohl er im Wasser mit weit aufgerissenen Augen um sich blickte. Die Steinmulde war leer. Wolodja war der einzige Fisch in ihr. Er überschlug sich, jagte Wasserspritzer über die glatte Oberfläche und kleine Sandfontänen über den Grund, bis er blau war. Dann sprang er heraus und setzte sich auf einen Stein. Er zitterte am ganzen

Körper, nahm sich aber sein Angelzeug vor. Das Wasser rann von seiner Gänsehaut in silbernen Rinnsalen und Tropfen. Der Fluß rief Wolodja ungeduldig, aber Wolodja hatte keine Zeit. Er mußte nun einen Fisch fangen, ihn einsalzen, frühstücken und dann weitergehen, unverzüglich.
Er sah hinab in das Felsbecken. Das Wasser war wieder durchsichtig klar, und die vom Wasser vergrößerten Äschen standen wieder am alten Platz, bewegten Schwänze und Flossen, aber nun waren es sechs, eine war dazugekommen. Hier sind die Fische unerschrocken, mutig, sie fürchten den Menschen nicht. Aber vorsichtshalber sprang Wolodja ans Ufer, versteckte sich hinter einem Stein und warf erst dann die Angel aus. Sofort biß etwas an, sehr schwach. Wolodja holte eine Talma aus dem Fluß, ein Lachskind, goldfarben mit dunklen Flecken.
»Kleiner Dummkopf!« sagte er zärtlich. Er nahm vorsichtig das zappelnde kleine Ding vom Angelhaken. »Du bist aber wirklich noch nicht dran – genieß noch deine Freiheit!« Mit diesen Worten warf er den kleinen Fisch zurück ins Wasser.
Die sechs Äschen fing Wolodja schnell, eine nach der anderen. Um sie einzusalzen und zu backen, brauchte er eine Menge Zeit. Aber nun war Wolodjas Leinentasche dick und schwer; Vorrat für zwei bis drei Tage befand sich in ihr. Das war aber auch nötig. Denn nun verließ er den Fluß, und im Wald erwarteten ihn nur Moosbeeren und hier und da an sumpfigen Stellen Preiselbeeren.
Die Sonne glühte und der Himmel strahlte tiefblau, an seinen Rändern über den Wäldern verblaßte er etwas. Wolken von Mücken, Fliegen und Bremsen schwärmten durch die Luft, denn es war windstill. Aber Wolodja zögerte noch, sich einzureiben. Er mußte mit der kostbaren Flüssigkeit sparsam umgehen und wollte erst den Sar-Ju überqueren.
Er warf den Leinenbeutel und die Angelrute über die Schulter,

ging ein wenig flußaufwärts, vorbei an gischtsprühendem Steingeröll. Dann zog sich Wolodja ohne Hast aus. Er machte aus seiner Kleidung ein Bündel, band es zusammen mit dem Beutel an der Angelrute fest, packte den festen Stock, den er im Wald abgeschnitten hatte, mit der Rechten und stieg ins Wasser. Er hatte die Sportschuhe anbehalten, damit er besser über die Steine gehen konnte. Die Strömung im Sar-Ju war stark. Sie wallte rings um ihn immer höher auf. Erst reichte ihm das Wasser nur bis zur Hüfte, dann bis zur Brust. Die Wellen schlugen gegen seine linke Seite und versuchten, ihn umzuwerfen und zum Ilytsch davonzutragen. Aber Wolodja stützte sich fest auf seinen Stock, den er in den Grund bohrte. Vor jedem neuen Schritt tastete er das Flußbett mit dem Ende des Stockes ab. Manchmal trat er auf sehr glatte Steine, die bewachsen waren. Man konnte leicht auf diesen Wasserpflanzen ausrutschen. Als er ans andere Ufer kam, rieb sich Wolodja mit dem Mückenmittel sorgfältig ein. Er verrieb die beißende Flüssigkeit über den ganzen Körper, sogar den Kopf rieb er ein und zerwühlte damit das Haar. Das Gesicht behandelte er sehr vorsichtig, damit die chemische Flüssigkeit nicht in die Augen kam. Dann zog er sich an.

»Na, dann auf Wiedersehen, Ilytsch!« rief Wolodja dem großen Fluß zu. Der Ilytsch antwortete ihm mit seinem Gebrüll. Wolodja suchte und fand den Pfad und wanderte hinein in die Tiefe der Taiga.

Das Tosen des Flusses wurde leiser, blieb hinter Bäumen und Sträuchern zurück, und bald umgab Wolodja die Stille der Taiga, aus der nur hier und da Vogelzirpen tönte. Die Birken und Lärchen flammten grell zwischen dunkelgrünen Tannen und Kiefern. Besonders dunkel, fast schwarz, waren die Tannen. Mit breiten, tiefhängenden Tatzen griffen sie nach der nadelbedeckten Erde. Die Kiefern dagegen streckten sich dem

strahlenden Himmel entgegen. Bis weit hinauf waren die Stämme kahl, alles Grün versammelte sich an der Spitze. Die Lärchen sahen viel weniger streng, fast nachlässig aus.
Diese Lärchen sind wie lockige junge Mädchen, dachte Wolodja. Die Kiefern wirken dagegen wie schlanke, hohe Riesen. Und die Tannen sind finstere Greise. Wolodja erinnerte sich wieder an Prokop. »Merkwürdig, daß ich so oft an ihn denken muß«, sagte Wolodja laut. Hier, in der Taiga, regte ihn die Stille zu lautem Denken, zu Selbstgesprächen an, zu unaufhörlichen Überlegungen. Merkwürdig, daß ich hier häufiger an ihn denke als zu Hause, dachte Wolodja. Und auch an die anderen, an Alewtina, den Bruder, den Großvater, denke ich mehr als sonst. Die ganze Zeit begleiten sie mich, solange ich hier allein wandere. Seine Gedanken kehrten zurück ins Dorf, zu einer Begebenheit im letzten Jahr.
Ins Dorf kamen eines Tages drei Geologen, alle drei in Windjacken mit Kapuzen. Die zerknüllten Hosen steckten in hohen Stiefeln. Wolodja erinnerte sich gut an die drei. Sie kamen an einem kalten Herbstabend von der Mündung des Ilytsch in einem kleinen Motorboot und legten bei der Sauna an, die Prokop gehörte. Prokop war gerade am Ufer, die Geologen baten um ein Nachtlager, und da führte Prokop sie in sein Haus.
Wolodja saß an jenem Abend bei Alewtina und las ihr aus einem Buch vor, als draußen der Hund bellte und Prokop halb befehlend, halb munter rief: »Kommen Sie herein, nur herein, meine lieben Gäste! Was wir haben, werden wir mit Ihnen teilen! Tun Sie, als wären Sie zu Hause!«
In diesem Augenblick bemerkte Wolodja in Alewtinas Gesicht eine Veränderung: Eben noch fröhlich, wurde es plötzlich klein. Um die Lippen bildeten sich Falten. Wolodja blieb an einer interessanten Stelle des Buches stecken, mitten im Satz.
»Hängen Sie sich hier in der Ecke auf!« lärmte Prokop in der

Hütte. In solchen Fällen sagte er immer »hängen Sie sich auf« oder »eßt euch auf«, denn das bedeutete für ihn den Gipfel der Höflichkeit; schließlich sagte man ja auch »setzen Sie sich!«
»Na, und jetzt wollen wir uns miteinander bekanntmachen! Wie Menschen!« sagte Prokop und streckte, als ob es eine große Gunst wäre, den Geologen der Reihe nach seine schlaffe, feuchte Hand hin, wobei er mit einem Lächeln ihre Namen in sich aufnahm.
»Wie heißen Sie?« fragte er nochmals den Schnurrbärtigen.
»Benjamin«, wiederholte der Schnurrbärtige. »Benjamin Nikolaitsch.«
»Phantastisch!« Prokop lächelte verschlagen. »Ich werde Sie lieber Waljka nennen.«
Wolodja sah durch einen Türspalt, wie die Geologen verlegen ihre Hände mit ihren Taschentüchern abwischten.
»Alewtina, meine Kleine«, rief Prokop, »deck schon den Tisch für unsere Gäste!«
Wie geschickt er sich anstellt! dachte Wolodja. Der hat wohl lange nicht mehr getrunken!
Alewtina ging hinaus, um den Tisch zu decken. Man hörte sie im Geschirrschrank das Geschirr zusammensuchen. Es klapperte dumpf, denn es war angeschlagen. Wolodja wußte, daß sie auf stillschweigenden Befehl des Vaters nur Brot und Tee auf den Tisch bringen durfte, und der Tee war ohnehin von gestern.
Die Gäste kommen an den Tisch, etwas verlegen wegen der herzlichen Begrüßung. Sie haben vom Wind gegerbte Gesichter und sind müde. Der eine ist glatt rasiert, sieht sportlich aus und hat einen Bürstenhaarschnitt, der zweite, kleinere, trägt einen Schnurrbart, der dritte hat Locken und einen Vollbart.
»Setzt euch, ihr lieben Gäste!« Prokop saust geschäftig um die Geologen herum. »Gleich gibt es heißen Tee nach dem langen

Weg! Der Tee steht im Ofen, in einem Eisentopf...Aber etwas kräftiger könnte er sein – der Sapromat soll ihn holen!«
Sapromat war Prokops Lieblingswort, er benutzte es ununterbrochen, sehr zum Erstaunen derer, die ihn noch nicht kannten.
»Gieß den Tee in den Samowar um, Töchterchen!« sagt Prokop. »Man weiß doch, was sich gehört.«
»Lassen Sie mich helfen!« Der rasierte Geologe erhebt sich.
Prokop springt beleidigt auf. »Bemühen Sie sich nicht, Genosse! Sie gießt schon ein! Sie ist ja hier die Hausfrau!«
Alewtina schweigt. Sie schämt sich schon jetzt.
»Sie gießt schon ein!« Prokop quasselt unaufhörlich. Und plötzlich kichert er: »Ist aber Ihre Sache, wenn Sie noch etwas zugießen wollen! Der Sapromat soll mich holen – ich habe nichts. Auf Ihr Wohl! Willkommen! Ha-ha-ha!«
Die Geologen flüstern miteinander.
Der Kleine mit dem Schnurrbart geht hinaus in den Flur, kommt mit zwei Flaschen Wodka zurück und stellt sie mit ausgestreckten Armen auf den Tisch.
Prokops Augenschlitze werden eng, er leckt sich die trockenen, weißlich umrandeten Lippen und schluckt den Speichel hinunter.
»Im allgemeinen trink' ich ja kaum jemals Wodka«, lügt er. »Ist alles nur Spiritus! Ha-ha! Spiritus ist für vieles gut.«
»Na, es wird sich wohl etwas zum Zubeißen finden!« sagt der sportlich Aussehende ermunternd.
»Woher denn?« Prokop macht sofort ein erstauntes und kummervolles Gesicht. »Wir hatten ein wenig Lachs, haben aber alles abgeliefert. Dem Staat! Wir fangen unsern lieben Lachs ja nur! Und liefern alles dem Staat ab. Für sich selbst Fische zu fangen ist verboten! So daß ich nur dieses Brot und Zwiebeln, ja, und Kartoffeln habe. So leben wir! Also werden Sie für

einen Zubiß schon selbst sorgen müssen...Moskauer Delikatessen!«

Alewtina wird rot, denn sie weiß: gesalzener Lachs und Äschen sind im Keller...aber so ist ihr Vater eben, ein Geizkragen!

Nun holen die Geologen ein Glas mit eingemachten Gurken, verschiedene Konserven, Speck und Wurst. Je voller der Tisch wird, um so hitziger wird Prokop vor Begeisterung. Am liebsten möchte er die Geologen für einige Tage hierbehalten, um sich an ihnen zu bereichern. Mit einemmal hat das Leben für ihn wieder einen Sinn. Gleich wird er ihnen zeigen, wie man Moskauer Stadthasen einwickelt. Denn er versteht sich auf Lügen. Er lügt originell. Wenn er auch sonst nichts gelernt hat – lügen hat er gelernt! In fünfzig Jahren!

Wolodja sieht durch den Türspalt eine große behaarte Hand, die einen Dolch umklammert hält, einen echten Dolch mit einem Horngriff! Damit öffnet der Bärtige die Konserven. Prokop blickt natürlich ebenfalls auf diesen Dolch. Von so einem hat er lange geträumt.

»Na, trinken wir einen!« sagt der Kleine mit dem Schnurrbärtchen.

»Hurra!«

»Hurra – das ist gut!« schreit Prokop.

Alle stoßen an und trinken. »Wie läßt sich bei euch hier der Fischfang an?« fragt der Glattrasierte.

»Habt ihr Angelzeug mit?« erkundigt sich Prokop. »Dann bleibt doch eine Woche!«

»Haben wir«, antworten die Geologen.

»Na also! Fangen wir Lachse!« Prokop blinzelt ihnen vielsagend zu. »Ich führe euch zu einem guten Platz, einer Höhle. Wenn ihr nur den rechten Köder habt! Habt ihr doch?«

»Man darf doch aber keinen Lachs fangen!«

»Man darf nicht, aber man kann!« Prokop tut witzig. »Ihr

könnt euch doch nicht um den Lachsfang bringen, wenn ihr so viele Werst* weit hergefahren seid. Natürlich wird vom Fang kein Ton geredet! Ich führe euch hin! Ihr könnt mir ja etwas dalassen! Zum Andenken. Wir besprechen das. Also!«
Sie stoßen wieder an. Prokop wird rasch betrunken. Vom zweiten Glas schon. Für ihn ist nur eins klar: daß diese Geologen Dummköpfe sind; daß er sie bereits in Händen hat mit Haut und Haaren – und mit allem, was sie aus Moskau mitgebracht haben. Und dieser wunderbare Dolch gehört schon ihm. Er schneidet damit den Speck, wischt danach mit einem Papier sorgfältig die Schneide ab und legt den Dolch neben sich, und es ist ihm gar nicht recht, wenn einer der Geologen danach greift.
»Zum Wohl!« sagt er, gießt sich wieder ein und trinkt. »Sagt mir mal, was quält euch eigentlich?« Er sieht sie alle der Reihe nach an, seine Augen sind stier und gemein. »Was habt ihr auf dem Herzen, was quält euch?«
»Was soll uns quälen? Nichts quält uns!« sagt der Bärtige.
»Nein, ihr müßt es mir schon sagen!« Prokop gibt keine Ruhe. »Jeden Menschen quält irgend etwas! Sagt es mir nur! Auf russische Art! Setzt euch der Lachs zu? Der leichtgesalzene?«
»Nja, leichtgesalzener Lachs, das natürlich! Wär' nicht schlecht!«
»Aha!« Prokop ist begeistert. »Wär' nicht schlecht, hä? Aber ich habe nichts! Irgend etwas anderes – bitte! Vielleicht Äschen? Geräucherte? Sagt es gerade heraus!«
»Natürlich, Äschen sind auch nicht übel.«
»Ah! Ha-ha-ha!« lacht Prokop. »Auch nicht übel! Wenn aber keine da sind! Gestern hatte ich welche, heute nicht mehr.«
»Dann laßt uns trinken!«

* Altes russisches Längenmaß, etwas mehr als 1 km

Prokop stimmt erfreut zu. »Hurra! Das habt ihr euch toll ausgedacht mit dem Hurra. Der Sapromat soll euch holen! Aber das ist alles Unsinn! Ihr sollt Lachs haben! Und Äschen! Auf mein Wort! Sagt nur, was ihr haben wollt! Und alles wird da sein! Alles! Wie wär's mit der Jagd? Habt ihr Gewehre mit?«

»Wir haben alles«, sagt der Bärtige.

»Vorsicht mit Gewehren!« sagt Prokop. Er schüttelt den Kopf und sieht streng aus. »Wir haben hier ein Schongebiet! Und wenn ihr euch nicht in acht nehmt, sind eure Gewehre futsch. Der Großvater nimmt sie euch ab!«

»Meinst du Martemjan?« fragt der Bärtige.

Prokop nickt wichtig und setzt heftig hinzu: »Ein Tier!«

Die Geologen lachen.

»Martemjan soll ein Tier sein?« fragt der Bärtige verwundert. »Ich kenn' ihn doch: ein wunderbarer Mensch! Ist er übrigens zu Hause?«

Prokops Herz wird kalt vor Wut. »Was sagt ihr da?« schreit er. »Martemjan soll ein wunderbarer Mensch sein? Ein Tier ist er! Ihr dürft ihn nicht nach seiner Umgänglichkeit beurteilen! Er ist ein Fuchs. Da sag' ich euch. Na ja, jetzt ist er unterwegs, wer weiß wo! Bleibt hier bei mir, eine Schlafgelegenheit wird sich finden. Wir gehen zusammen auf die Jagd. Und werden Lachse fangen, ich führ' euch hin! Sind wir uns einig?«

»Mal sehen«, sagt der Bärtige ausweichend. »Wir haben es eilig.«

»Warum denn eilig? Die Arbeit ist kein Wolf, sie läuft nicht davon in den Wald! Bleibt bei mir, schon wegen der Jagd! Mein Rüde ist ausgezeichnet, habt ihr ihn gesehen? Und besonders gut ist er dann, wenn er apathisch wird – dann kann man ihn durch nichts mehr zurückhalten!«

»Apathisch?« Die Geologen lachen

»Apathisch!« brüllt Prokop. »Natürlich! Ihr denkt, ich bin ein ungebildeter Mensch? Aber ich kenne eine Unmenge gebildeter Wörter, der Sapromat soll sie holen! Ihr müßt schon entschuldigen, aber ich versteh' alles! Was man da in Zeitungen schreibt und überhaupt! Vielleicht seid ihr gebildeter als ich – aber ich bin nicht auf den Kopf gefallen. Ich bin über alles im Bilde. Zum Beispiel über die Tereschkowa! Unsere Kosmonautin! Was schreiben die Zeitungen über sie? Hä? Daß sie im Kosmos war! Und darauf fallt ihr herein?«

»Gestern haben sie einen neuen Sputnik losgeschickt«, sagt der Bärtige. »Man sollte mal Nachrichten hören. Haben Sie ein Radio?«

»Wozu ein Radio?« Prokop winkt ab.

»Was haben Sie gegen Nachrichten?«

»Lauter Lügen«, spielt sich Prokop auf. »Die Tereschkowa ist doch gar nicht geflogen. Hat man solchen Unsinn schon je gehört? Im Kosmos herumzufliegen! Und obendrein noch so'n Weibsstück! Die ist irgendwo in Moskau herumgesessen! Oder auf der Datscha! Hat Unmengen Tee getrunken! Die im Kreml gehören doch zu ihrer Sippschaft – das ist es doch!«

Die Geologen sind verblüfft.

Wolodja sieht, wie Alewtina vor Scham vergeht. Sie beide sitzen hinter der Tür wie Mäuse und hören zu, wie Prokop die Geologen abkanzelt.

»Was soll das denn für eine Sippschaft sein?« fragt der Bärtige.

»Nun tut doch nicht so!« schreit Prokop. »Die da oben meine ich! Die uns regieren! Alles nur Sippschaft! Weil's ihnen so paßt, lassen sie ihre Tereschkowa fliegen! Ha-ha! Auf einer Schaukel fliegt sie! Im Garten! Na denn, hurra! Trinken wir darauf!«

»Das ist ein Alptraum«, sagt der Bärtige. Die Geologen sind nun im Bilde, was für ein Mensch dieser Prokop ist. Schlafen wird der sie nicht lassen, das ist klar. Die ganze Nacht wird er

weiterfaseln. Die Geologen verständigen sich durch ein paar Worte miteinander, ohne daß Prokop es merkt.
»Für uns wird's Zeit!« sagt der Bärtige. »Ich denke, wir fahren jetzt weiter.«
»Wieso?« Prokop schweigt plötzlich bestürzt. »Und der Lachs? Die Jagd? Und bei diesem Wetter!«
Aber den Geologen ist hier alles widerlich geworden. Sie pakken ein.
»Dann schon besser im Zelt«, murmelt der Bärtige, nimmt sein Messer unter dem brennenden Blick Prokops an sich, wischt den Griff sorgfältig ab und steckt den Dolch hinter den Gürtel.
»So-o-o, ihr wollt also weiter«, brummt Prokop. »Ihr fahrt. Na, und was laßt ihr mir zum Andenken da? Diesen Dolch...«
»Da, nehmen Sie!« sagt der Bärtige, nimmt drei Rubel aus seiner Brieftasche und legt sie auf den Tisch. »Das ist für den Tee – reicht das?«
»Was fällt euch ein!« schreit Prokop aufgebracht. »Als ob ich eure drei Rubel brauche, der Sapromat soll sie...Ich habe euch wie Menschen aufgenommen! Und ihr? Ihr *müßt* mir den Dolch zum Andenken da lassen! Und wenn ihr das nicht tut, dann...«
Die Geologen geben sich nicht weiter mit ihm ab und brechen rasch auf.
Prokop will aufstehen. Er hätte dem Bärtigen so gern gezeigt, was für ein Kerl er ist, aber er kann sich nicht mehr auf den Beinen halten und fällt auf die Bank zurück.
»Das hat mir gerade noch gefehlt«, murmelt er, zerdrückt die drei Rubelscheine in der schweißnassen Faust und schleudert sie zwischen die Speisereste auf den Tisch. »Verschaukeln wollt ihr einen, das kennen wir! Das haben wir schon mal erlebt! Nei-i-in! Eine Sippschaft ist das in Moskau! Der Teufel soll sie alle holen, die da oben. Fliegen im Kosmos rum! Auf einer Schau-

kel! Für so blöde dürft ihr mich nicht verkaufen...« Er redet noch lange so vor sich hin und versteht selbst nicht mehr, was er sagt.

Wolodja riß sich von diesen Bildern los. Plötzlich sah er abseits vom Pfad einen kleinen roten Flecken voller Moosbeeren. Sein Blick fiel auf einen Hügel im Moor. Wolodja spürte sofort einen säuerlichen Geschmack im Mund. Er verließ den Pfad, lehnte Stock und Angelrute an einen Wacholderstrauch, kniete nieder, wo die Beeren am dichtesten wuchsen, und kostete.

»Schmeckt gut nach dem Fisch!« sagte er. »Beeren nach Fisch – das ist das allerbeste.« Diesen Ausspruch hatte er von seinem Bruder.

Lassen wir ihn bei seinen süßsauren Früchten! Ich will jetzt noch ein Wort zu Prokop sagen, diesem widerwärtigen Menschen. *Einen* guten Zug hatte auch er! Seine Alewtina liebt Prokop wirklich. Er liebt nur ein einziges Wesen auf der ganzen Welt, und das ist seine Tochter Alewtina. Er liebt sie zärtlich und tief, wie er sonst niemals jemanden geliebt hat – nicht einmal seine verstorbene Frau. Die liebte er auch, aber er schlug sie, schlug sie oft – und deswegen starb sie auch so früh. Danach wurde seine Liebe zu Alewtina noch größer, denn er fühlte sich vor seiner Tochter schuldig, besonders seit einer Begebenheit am Ilytsch, die sich bei schwerem Frost zugetragen hatte. Doch davon später! Seit diesem Vorfall mischten sich in Prokops Liebe Schuldbewußtsein und die Angst, daß Alewtina auch früh sterben und ihn allein in dieser verworrenen Welt zurücklassen könnte, verachtet von allen, betrunken und krank. Alle im Dorf wußten von der Liebe Prokops, besser gesagt, um die Stärke dieser Liebe, wie eben überhaupt im Dorf einer vom anderen alles kennt und weiß. Und wenn es nötig wurde, Prokop von der Straße nach Hause zu jagen oder von seinen Zechkumpanen wegzubringen, wenn er, die Haare im Gesicht, mit halbwahnsinnigen, rotunterlaufenen Augen irgendwo stand und brüllte: »Seht euch alle vor, daß ihr nichts abbekommt!« und wenn er dabei die halbausgetrunkene Flasche schwenkte... ja, dann holte man Alewtina. Sobald er sie erblickte, wurde Prokop still, lächelte jämmerlich und demütig und ging willig hinter dem kleinen Mädchen her, und zu Hause legte er sich ohne jeden Widerspruch ins Bett.

Prokops Seele war ein Dickicht, in dem alle Leidenschaften sich frei entfalten konnten. Aber inmitten von Unkraut hielt sich eine herrliche wilde Blume: die Liebe zu Alewtina. Bei ihrem Anblick faßte sich der betrunkene oder auch nüchterne Prokop sofort, weil er sie liebte! Er erlaubte ihr alles, sogar die Freundschaft mit Wolodja, dem Sohn seiner Feinde, die ihn um den Ilytsch und den Besitz seines Vaters gebracht hatten. Wenn Alewtina ihn bat, einen zur Schonzeit gefangenen Lachs freizulassen, weil er Rogen trug, ließ Prokop ihn frei, ohne ein Wort zu sagen. Und wenn sie ihn drängte, zur Arbeit zu gehen, ging er, obwohl er nicht einmal auf Befehl des Kolchosvorstandes gegangen, sondern ausfallend oder gewalttätig geworden wäre. Mit Martemjan und seinen Enkeln Iwan und Wolodja hatte er sich bis jetzt nicht eingelassen – Alewtina zuliebe. Die Eltern Wolodjas aber hatte *er* und niemand sonst auf dem Gewissen, und alle Beweise für seine Tat hatte er zusammen mit seinen Opfern aus der Welt geschafft. Niemand weiß etwas davon, daß er auf diese Weise seinen Vater gerächt hat – so denkt er. Aber war Martemjan denn wirklich am Unglück von Prokops Vater schuld? Die Welt hatte sich geändert, für die Prokops war die Zeit vorbei! Das mußte doch jeder einsehen. Persönliche Rache zu nehmen war sinnlos, denn in die Sache waren alle verwickelt. Wenn irgend etwas diese Wirrnis in Prokops Leben lichten konnte, dann war es Alewtina, seine Tochter, Wolodjas Freundin...

Wolodja hatte sich den Bauch mit Moosbeeren vollgeschlagen, und nun ging er weiter auf dem Pfad, der sich jetzt zwischen Föhren hindurch schlängelte, auf sandiger Erde.

Und wieder erinnerte er sich an eine Geschichte, die ihm der Großvater erzählt hatte. Diese Geschichte hing nicht mit Prokop zusammen, sondern mit Martemjan persönlich. Und mit den Geologen. Denn die Geologen waren häufige Besucher des Saptscherje-Gebietes.

Zu jener Zeit war Großvater noch ein junger Mann, und sein Sohn lebte noch, der Vater Wolodjas. Iwan war gerade geboren, Wolodja aber war noch gar nicht auf der Welt – so lange war das schon her! Um es genauer zu sagen: Es geschah vor etwa dreißig Jahren, im Jahre 1942. Damals war Krieg, der Große Vaterländische Krieg. Die Deutschen hatten unser Land überfallen und tüchtig zertrampelt. Sie wollten bis zum Ural vordringen, aber an der Wolga wurden sie aufgehalten. Großvater Martemjan war zwei Jahre im Krieg, erzählte er. Im Jahre 1942 kehrte er als Verwundeter zurück.

Erinnert ihr euch an den bärtigen Geologen, der in Prokops Hütte sagte, Martemjan sei ein wunderbarer Mensch? Also gut! Dieser Geologe arbeitete während des Krieges im Ural, er suchte dort nach Bodenschätzen, wie das Geologen ja immer tun. Aber darum geht es jetzt nicht, sondern darum, daß der Bärtige damals mit seinen Kameraden in der tiefen Taiga steckenblieb, zur Zeit der ersten Fröste. Verirrt hatten sie sich nicht gerade, denn das passiert Geologen selten; sie haben immer Landkarten dabei und einen Kompaß. Aber sie hatten sich etwas zu lange in der Taiga aufgehalten, und ihre Lebensmittel waren fast zu Ende. Nun beeilten sie sich, im Boot den Ilytsch nach Ust-Petschersk hinabzufahren. Sie waren zu dritt, einer von ihnen war der Bärtige. Und da packte frühes Eis ihr Boot und hielt es auf dem Ilytsch fest. Sie mußten zu Fuß weiter, immer den zugefrorenen Fluß entlang. Sie gingen mehrere Tage und waren schon nahe daran, zu erfrieren oder zu verhungern, weil ein durchdringender Wind dazukam. Schneeregen ging nieder, und dann schlug der Frost zu. Die Geologen steckten in Eispanzern. Sie waren verloren – und da fand sie Martemjan, nicht weit von seiner Hütte. Er rettete sie, und das war es eben. Sie blieben eine Zeitlang bei Martemjan, wurden gesund und fuhren nach Hause zurück, an die Moskauer Front. Seit der Zeit schickte der bärtige Geologe Pakete an Martemjan, Lebensmittelpakete! Damals war eine große Hungersnot, die Menschen lebten nur auf Lebensmittelkarten. Brot, Graupen, Butter, Zucker – das alles gab es nur auf Karten. Großvater hatte Wolodja später solche Karten gezeigt.

Den ganzen Krieg über schickte der Bärtige Lebensmittelpakete an Martemjan. Der Großvater verbot es dem Geologen, er ließ sogar Pakete zurückgehen, aber der Geologe gab nicht nach.

Wolodja kannte diesen Geologen. Nach dem Krieg war er einmal hierhergekommen, um hier zu arbeiten. Das letztemal, als Wolodja ihn wiedersah, war er sehr gealtert, sein Bart war grau geworden. Das war zu der Zeit, als er seinen Dolch vor Prokops Augen vom Tisch genommen hatte.

Wolodja war so in seine Erinnerungen vertieft, daß er vom Pfad abkam und einfach durch die Taiga dahinging. Er blieb stehen und sah sich um. Er war umgeben von hohen Föhren, deren Stämme zum Himmel ragten. Die Wurzeln steckten in einem Farnkrautteppich, und die Wipfel umarmten einander im abendlichen Himmel. Die Baumkronen bewegten sich kaum merklich. Wolodja horchte. Da oben in den Wipfeln rauschte der Wind. Hier unten aber war es still. Über den Schirmen der dicht gedrängten Farne tanzten die nie zur Ruhe kommenden Mücken. Sie plagten Wolodja fortwährend. Er rieb

sich mit dem Mückenmittel ein und suchte den Pfad. Das Farnkraut hatte den Weg listig zugedeckt und Wolodja in die Irre geführt.
Weitab konnte er nicht sein. Aber war der Pfad mehr links oder mehr rechts? Im Osten war der Himmel grau, im Westen, hinter Wolodjas Rücken, brannte er gelb, die Sonne stand schon tief über der Taiga. Wolodja merkte sich eine hohe Föhre mit abgebrochenem Ast und ging links an ihr vorbei weiter, blieb immer wieder stehen und suchte unter den Farnwedeln. Eine Zeitlang ging er langsam suchend nach links, fand aber nichts und kehrte zur Föhre zurück. Dann ging er nach rechts. Wieder nichts.
Er blieb eine Weile unter der Föhre sitzen und dachte nach. Dann entschloß er sich, am Fluß weiterzugehen. Die schrägen Sonnenstrahlen wurden immer länger, bis sie plötzlich ganz erloschen. Die Sonne war hinter den Horizont gesunken. Der leere Himmel glänzte wie Perlmutt, und die Bäume standen vor dem Himmel schwarz und flach.
Jetzt ging Wolodja wieder nach links, sehr viel weiter, als er das erstemal gegangen war. Er ging und ging, immer durch den dichten Farn, der ihm um die Knie strich – bis der Farnteppich zu Ende war. Auf der Erde lagen Zweige, Laub und Nadeln, das Gras wuchs nur schütter, hier und da standen zwischen den Föhren dunkle Tannen.
Und wie merkwürdig: es gab auch Nesseln und Waldweidenröschen, und eingewebt in die Dämmerung stand auf der Wiese etwas Dunkles.
Wolodja machte noch einige Schritte und blieb dann stehen. Auf der weiten, von Mondlicht überfluteten Schneise erhob sich ein hoher Haufen, bedeckt von alten verkohlten Zweigen, von Stämmen und Moder. Wolodja stand lange da und besah sich diesen Grabhügel. Man sollte ihn auseinandernehmen,

dachte Wolodja. Sicher ist da etwas vergraben worden. Eine so ausgeprägte Form entsteht nicht von selbst – und da fiel es ihm ein: Großvater Martemjan hatte ihm einmal von diesem Kurgan erzählt. Wolodja hatte noch die knarrende Stimme des Großvaters im Ohr: »Mort-Jur heißt der Hügel, übersetzt heißt das: Menschenkopf. Der Platz ist hochgelegen, trocken, von Föhren und Tannen umstanden.«

Genau wie hier, dachte Wolodja.

»Dort also steht dieser Hügel, ein Kurgan. Er ist ganz zugedeckt mit Abfall von Bäumen.«

Genau! dachte Wolodja wieder.

»Jeder, der vorbeigeht, muß über die linke Schulter ausspukken und einen Stock in den Kurgan werfen. Oder einen Stein. Es ist ein schrecklicher Kurgan, Wolodja!«

»Warum denn schrecklich?« fragte Wolodja laut. »Mir kommt er nicht schrecklich vor.« Wolodja tat so, als spräche er mit dem Großvater.

»Sag das nicht, Wolodja!« hörte er den Großvater sagen. »Dieser Kurgan ist eine Jag-Mort-Hütte. In der Sprache der Syrjänen* bedeutet Jag-Mort Waldmensch.«

»Wieso eine Hütte, wenn es doch ein Kurgan ist?« sagte Wolodja wieder laut und sah den Kurgan an. »Ein Erdhügel ist das, sonst nichts!«

»Weiß nicht recht!« fuhr Großvater wie damals in der Hütte fort. »Bei den Syrjänen sagt man, daß sich im Herbst, in dunklen Nächten, der Kurgan mit einem blauen Feuer umgibt! Und eine Tür wird in ihm hell! Und Lieder werden in ihm gesungen.«

»Im Märchen ist alles möglich!« erklärte Wolodja entschieden. Er musterte den von Zweigen bedeckten Kurgan und hörte zur

---

* Ostfinnisches, stark russifiziertes Volk, das vorwiegend in der Republik der Komi (westl. des Ural) wohnt.

gleichen Zeit den Großvater weiterreden: »Märchen oder nicht Märchen – es gibt da eine Überlieferung. In fernen Zeiten lebten im Polargebiet halbwilde Syrjänen-Stämme. Sie verehrten steinerne und hölzerne Götter, die sie selbst herstellten. Zu jener Zeit tauchte an den Ufern des Ilytsch ein ungewöhnlicher Mensch auf. Seine Augen waren blutunterlaufen, das Gesicht von Haaren zugewachsen, und er hatte einen Bärenpelz an. Man nannte ihn Jag-Mort. Niemand erfuhr jemals, von wo er hergekommen war. Es hieß, daß er mit den Wäldern von Sapetscherje groß geworden war und daß er genauso alt wie diese Wälder sei. Er lebte allein hinter undurchdringlichen Sümpfen und kam nur selten in die Ortschaften. Alle fürchteten sich vor ihm. Die Syrjänfrauen schüchterten ihre Kinder mit einem Lied über ihn ein:

Jag-Mort ist so hoch wie eine Tanne,
Jag-Mort ist so schwarz wie Ofenkohle,
Jag-Mort wird kommen, um dich zu fressen –
wenn du nicht sofort still bist!«

Wolodja sah sich um. Im Dickicht knisterte etwas und seufzte. Wolodja kauerte sich nieder. Aus dem Kurgan zog ein Geruch von Moder, Feuchtigkeit und Pilzen...
»Und einmal«, hatte der Großvater erzählt, »befreundete sich der Jag-Mort mit einem Syrjänen. Ich weiß nicht, wie sie miteinander bekannt wurden. Bei der Jagd wahrscheinlich; denn dieser Syrjän war ein hervorragender Jäger. Einem, dem alles glückte! Viele Rebhühner und Marder erlegte er, Eichhörnchen- und Zobelfelle verwahrte er in seiner Rindenhütte auf. Alle beneideten ihn. Sogar der Jag-Mort, auch wenn er ein Waldmensch war. Er bat den Syrjänen, ihn das Jagdhandwerk zu lehren. Wie sie da miteinander zurechtgekommen sind, weiß

ich nicht, aber der Jag-Mort begann mit dem Syrjänen zusammen auf die Jagd zu gehen. Die beiden wohnten in einer Rindenhütte, einem Tschum, in der Taiga. Das gefiel natürlich den anderen Syrjänen nicht. Sie beschimpften den Jäger. Der aber winkte ab. ›Ist nicht eure Sache‹, sagte er. ›Jag-Mort ist auch ein Mensch, selbst wenn er mit Fell bedeckt ist. Warum soll ich ihm nicht helfen?‹ – ›Bis er dich eines Tages umbringt!‹ warnten ihn die anderen. Und dabei blieben sie. Sobald sie den Jag-Mort oder den Jäger sahen, wichen sie ihnen aus und machten lieber einen Umweg von einer Werst. Einige wollten wissen, daß nicht der Syrjän dem Jag-Mort half, sondern der Jag-Mort dem Syrjänen, denn Jag-Mort verfügte über Zauberkräfte und Verschlagenheit.«

»Woher weißt du das?« fragte Wolodja in das Dickicht hinein. »Woher weißt du das alles so genau?«

»Ich weiß es eben!« Wolodja hörte den Großvater heiser lachen.

»Alles wurde später aufgeklärt. Zunächst lebten Jag-Mort und der Syrjän ruhig in ihrem Tschum in der Taiga, und niemand wußte, wie sie da lebten. Aber sie hatten es schwerer, als es schien. Sie bereiteten sich ihre Mahlzeit selbst. Sie schliefen nebeneinander. Und der Syrjän brachte Jag-Mort seine Jagdgeheimnisse und viele Kniffe bei. Wie man zum Beispiel Wölfe abwimmelt und wie man Hasen anlockt. Hasen lockt man an, indem man ein bestimmtes Gras mit Hasenblut vermischt, alles in ein Hasenfell einnäht und es an einen Baum hängt. Wölfe abwimmeln kann man dagegen nur dadurch, daß man einen Wolfsschwanz und Wolfspfoten auf einem Scheiterhaufen verbrennt. Na, und so verfuhren die beiden und hatten daher auch immer Hasenfleisch. Alles hatten sie in Hülle und Fülle! Besonders Zobel erlegten sie viele. Wunderbar dunkelbraune Zobel! Aber das Seltsame war, daß nur der Syrjän Zobel

erlegte. Er hatte unerhört viel Glück. Dem Jag-Mort aber glückte nichts. Müde, immer mit leeren Händen, kehrte er am Abend in den Tschum zurück. Immer verzagter wurde er, immer wütender auf seinen glücklicheren Partner. Immer neidischer! Und so endete alles, wie die alten Syrjänen es vorausgesagt hatten: Jag-Mort erschlug seinen Jagdgefährten.
Eines Abends nach der Jagd, als der Syrjän besonders viele Zobel erlegt hatte, ging er an den Fluß, um sich zu waschen. Er setzte sich am Ufer in die Hocke und beugte sich vor, um Wasser zu schöpfen. Jag-Mort hatte sich lautlos angeschlichen und schlug mit einer Axt zu. Er hackte den Kopf ab und warf ihn weit ins Dickicht. Den Körper aber stieß er mit dem Fuß ins Wasser...
Und seit der Zeit«, hörte Wolodja den Großvater flüstern, »seit der Zeit wandert am Ufer des Ilytsch der Syrjän umher und sucht seinen Kopf...Der Jag-Mort aber verschwand aus dieser Gegend. Als die Verwandten des erschlagenen Jägers zum Tschum kamen, sahen sie, daß anstelle der Rindenhütte ein hoher Kurgan da war, ein Hünengrab, von dunkelblauem Licht umgeben. Sie spuckten aus und entfernten sich so rasch wie möglich.«
»Alles Märchen«, sagte Wolodja laut. »Kein Mensch kann seinen eigenen Kopf suchen, wenn er abgehackt ist.« Das hatte Wolodja immer eingewendet, wenn der Großvater mit dieser Geschichte ans Ende gekommen war.
Martemjan sagte dann stets: »Die Kopfsucherei ist vielleicht ein Märchen. Es muß aber im Gebiet der Syrjänen irgend so einen Riesen oder wilden Menschen gegeben haben, von dem lange Zeit erzählt wurde. Immer mehr zauberische Züge kamen zur Geschichte. Aber erzählt wurde sie vor allem, um das Furchtbare des Neides ins rechte Licht zu rücken. Vor nichts, Wolodja, mußt du dich mehr in acht nehmen!«

Wolodja erinnerte sich genau an diese Worte. Nun zuckte er die Schultern und stand auf. Es wurde kälter. Der Wind rauschte immer stärker in den dunklen Bäumen.
Als wäre eine Stromschnelle in der Nähe! dachte Wolodja. Im Mondsilber über der Wiese funkelten die ersten Sterne. Sie blinzelten Wolodja zu: Wohin willst du denn noch, die Nacht vor Augen? Ruh dich hier aus!
Wolodja nickte.
Rasch sammelte er Reisig, schichtete es auf, schleppte dicke Föhrenäste heran, legte sie bereit und strich ein Streichholz an. Auf der vom Feuer erhellten Wiese fingen Schatten an zu tanzen. Wolodja band seinen Beutel auf, nahm den eingesalzenen Fisch heraus, eine Zwiebel und Brot. Vom Brot schnitt er nur eine Scheibe ab, dann säuberte er die Zwiebel, schnitt sie in Stücke und begann zu essen.
»Schade, daß kein Wasser da ist!« sagte er. »Es wäre gut, mit einem Becher Wasser nachzuspülen! Vielleicht ist Wasser in der Nähe, aber wie soll man es nachts finden?« Wolodja kaute tüchtig. Und er sprach so laut und so unmißverständlich, daß ihn auch ein Waldgeist, sollte einer da sein, verstehen mußte.
Vom Scheiterhaufen kam Wärme. Die Kälte wich ins schwarze Dickicht zurück. Das Feuergeknister vermischte sich mit dem Rauschen des Windes.
Als Wolodja gegessen hatte, verstaute er sorgfältig die Fischreste, Brot und Zwiebeln, steckte ein Stückchen Zucker in den Mund, um es vor dem Einschlafen zu lutschen, richtete den Scheiterhaufen nochmals auf, damit das Feuer lange brannte, und legte sich hin, den Beutel unter dem Kopf. Er lag auf der Seite, mit dem Rücken zum Feuer, und blickte auf den beleuchteten Kurgan, der sich im Feuerschein bewegte.
Plötzlich dachte Wolodja an seinen Vater und die Mutter. Vor fünf Jahren hatte er sich noch klar an sie erinnern können. Da-

nach ebnete die Zeit alles ein, die Eltern wurden immer körperloser, immer stummer, bis sie endlich schwiegen, auch in seinen Träumen. Sie kamen noch hin und wieder, aber immer schweigend. Und noch eines war merkwürdig: Wolodja dachte fast nie mehr an sie. Dabei hatte er sie so geliebt – bis zu Tränen und Herzschmerzen. Aber nun plötzlich erinnerte er sich an sie, ja, er sah sie neben sich. Es war, als lebten sie wieder zusammen in der Hütte: Großvater, Vater und Mutter, Wolodja und Iwan.

Wolodja, Iwan und Großvater Martemjan sind fröhlich, Vater und Mutter dagegen merkwürdig still und bedrückt. Sie verschwinden für Tage irgendwohin, kommen zurück, gehen schweigend umher, man hört kein Wort von ihnen. Es ist, als liege auf ihrem Herzen ein Stein, von dem zu sprechen sie Angst haben. Sie haben kein Recht dazu. Es ist, als gehörten sie zu einer anderen Welt, zu einer anderen Familie, und manchmal gehen sie dorthin... *in die Welt, in der sie lange waren.* Und von der sie schweigen.

Als sie wieder einmal gekommen sind, schweigend herumgeräumt und sich dann hingelegt haben, tritt Wolodja an das Bett des Vaters. Er sieht mitgenommen aus, unrasiert, die Augen sind traurig wie die eines Hundes. Das Gesicht ist dunkel. Er liegt stumm auf dem Bett und sieht zur Decke empor. Die Haare sind zerwühlt und grau.

In Wolodja regt sich Mitleid. Er legt dem Vater seine Hand auf die Stirn und streichelt ihn.

»Was ist mit dir?« fragt er zärtlich. »Warum schweigst und schweigst du...Sag doch ein Wort!« Aber der Vater schweigt so trostlos und hart, daß Wolodjas Herz sich zusammenzieht.

»Nur ein Wort!« bittet Wolodja. »Warum bist du wie ein Fremder? Erzähl mir doch, wie hat man dich und die Mutter umgebracht? Es war doch Prokop? Ich muß es wissen! Und zu wem geht ihr jetzt immer wieder? Sag es mir, und es wird dir leichter werden! Ich bin doch euer Sohn! Ich kann euch rächen!«

Der Vater beginnt zu zittern wie ein vergiftetes Tier. Er sieht Wolodja mit bleiernen Augen an und spricht mit dumpfer Stimme: »Nichts kann ich dir sagen! Frag lieber nicht! Geh fort von hier!« Und dann weint er plötzlich.

Für Wolodja war der Traum so schrecklich, daß er wach wurde und sich im Gras aufsetzte. Der Scheiterhaufen knisterte, in ihm bewegten sich Feuerzungen und krochen an den Ästen entlang.

Die Wiese lag im Schatten, der Kurgan war ferngerückt, alles ringsum war blau und nebelhaft vom Licht des Mondes, der hinter den Bäumen stand. Der Wind schaukelte mit leisem Rauschen die Bäume, und Wolodja war wieder allein.

»Dieser Wind bringt Unheil«, sagte Wolodja laut. Und gleichzeitig versuchte er den Gedanken weit fortzuscheuchen. Er rückte die Äste zurecht, sie loderten neu auf, versprühten Funken, und Wolodja legte sich wieder schlafen.

Vor langer Zeit, als Wolodja noch klein war, gingen Vater und Mutter im Winter zur Jagd in die Taiga, am Oberlauf des Ilytsch – und verschwanden wie vom Erdboden! Man suchte sie den ganzen Winter, Großvater Martemjan suchte, Iwan und die Miliz, aber man fand sie erst im Frühling, als der Schnee in der Taiga schmolz. Fünf Monate lang waren sie unter dem Schnee begraben gewesen, und nun, nach der Schneeschmelze, lagen die beiden eng umschlungen da.

Ihre Skier und Lebensmitteltaschen fand man weit entfernt, höher den Ilytsch hinauf. Beutel und Skier waren mit einer Axt zerstückelt. Die Axt lag noch daneben, eine neue Axt, vor nicht langer Zeit irgendwo gekauft. Rätselhaft war das alles!

Die Miliz kam zu der Stelle gefahren, Großvater Martemjan mit ihnen, aber auch die Miliz war ratlos. Man konnte die

Eltern nur noch an den Resten der Kleidung identifizieren. Dieser Tod in der Taiga blieb für alle unerklärlich.
Nur Großvater Martemjan weiß, daß Prokop zu dieser Zeit in der Taiga gewildert hat, und er sagt: »Das ist die Tat *seiner* Hände.«
»Warum setzt man ihn nicht ins Gefängnis?« fragt Wolodja im Traum.
»Weil es keine Beweise gibt«, antwortet Martemjan. »Man hat ihn verhaftet und verhört, aber er hat alles abgeleugnet, und es war nicht möglich, ihn zu überführen.«
»Was ist das: überführen?«
»Das bedeutet: jemandem seine Schuld nachweisen.«
Wolodja sieht Prokop, wie er dasteht, umringt von Beweisen seiner Schuld. Sie laufen um ihn herum, sie sind so geschäftig und ernsthaft wie Bachstelzen, und alle deuten auf Prokop: Er hat es getan! Er! Er hat sie getötet, er und kein anderer!
Großvater Martemjan aber lacht bitter. »Beweise sind leider nicht lebendig. Und sprechen können sie auch nicht. Sie sind bestenfalls Spuren oder irgendein Gegenstand, den der Täter vielleicht verlor oder liegen ließ. Spuren von Füßen oder Skispuren oder Fingerspuren an der Axt – das sind Beweise. Aber solche Beweise hat Prokop nicht geliefert.«
Wolodja sieht Spuren über die Erde laufen, viele Spuren; sie laufen von selbst! Sie springen wie Sohlen von den Stiefeln! Sie laufen aus der Taiga in Prokops Hütte und schreien: Da ist er! Er hat getötet!
»Es gibt Verdachtsmomente, aber keine Beweise gegen ihn«, sagt Martemjan und schüttelt den Kopf. »Nur ich weiß es. Und die Taiga... Uns aber glaubt niemand.«
Wolodja schlief diese Nacht unruhig. Er wachte mehrmals auf, als der Scheiterhaufen verlöschen wollte. Eine kalte Feuchtigkeit kroch ihn an. Der Mond hielt sich nicht lange zwischen den

Sternen auf, und nach Mitternacht wurde es dunkel, so dunkel, daß man sich ein Auge ausstechen konnte. In diesen Stunden leuchtete der Kurgan im blauen Licht modernden Holzes auf. Aber keine Fenster erhellten sich in ihm, keine Türen öffneten sich, keine Lieder erklangen aus dem Inneren, obwohl Wolodja nun schon fast bereit war zu glauben, daß dieser Kurgan lebte.

Der Wind rauschte die ganze Nacht, und es kam Wolodja vor, als bringe er ihm aus der Ferne die beruhigende Stimme des Ilytsch: Nicht verzagen, Wolodja! Morgen findest du den Pfad! Halte aus bis zum Morgen!

Dann kamen Wolodja die Ameisen, die er im Traum gesehen hatte, in den Sinn. Er erinnerte sich an die Große Ameise – und verscheuchte sie. Beim Morgengrauen wachte Wolodja wieder auf. Es war ein merkwürdiger Schrei, der ihn weckte.

U-o-o! Ein Elch schrie in der Taiga mit tiefer Stimme. U-o-o! Der Schrei klang wie ein Stöhnen, wie eine Klage und gleichzeitig lockend. Das Rufen kreiste um die Wiese, kam näher, entfernte sich... Ein Brunft-Elch! Die Zeit für die Elchhochzeit war gekommen. In dieser Zeit wandert der Elch aufgebracht durch die Taiga, seine Augen sind blutunterlaufen, er schüttelt seinen Bart, sucht schnaubend nach Spuren und stöhnt vor Ungeduld. Auch die Elchkuh sucht. Aber sie ist zaghaft, versteckt sich im Dickicht und gibt nur hier und da mit sanftem Prusten einen Hinweis: Na, komm schon, da bin ich doch!

Es kommt vor, daß zwei Freier sie zur gleichen Zeit finden. Und wenn keiner der beiden feige ist, kommt es zum Kampf. Hart sind diese Kämpfe. Die Elchkuh bleibt im Dickicht stehen, sie wartet und regt sich auf. Wenn der Sieger dann trompetet, kommt sie aus dem Versteck, um sich mit dem Stärkeren zu verbinden.

Von all dem hat Martemjan Wolodja oft erzählt. Von Elchen

und vom Lachs, von Äschen und von Bären, von allen Taigabewohnern, die für Wolodja Brüder sind. Sein Großvater hat ihm den Gedanken eingegeben: Es sind unsere Brüder, sie alle. Töte niemals ohne Not ein Tier!
Wolodja horchte auf. Das Stöhnen des Elchs kam jetzt von weither und verhallte. Auch der Wind in den Wipfeln schwieg. Nicht einmal Mücken summten um diese Zeit. In der grauen Luft der Dämmerung stand, umweht von Nebelfetzen, der geheimnisvolle Kurgan auf der Wiese. War es ein uralter Tschum, ein sagenhaftes Grab oder ganz einfach ein Erdhügel? Jedenfalls ging es hier nicht ohne die Gegenwart von Menschen ab, davon zeugten die Waldweidenröschen.
Wolodja beschloß, der Morgendämmerung entgegenzugehen. Der Bergkamm muß ohnehin vor mir liegen, überlegte er. Und dort stoße ich auch leichter auf den Pfad.
Wolodja ging sicher und überzeugt, den Pfad zu finden. Er fühlte die Steigung des Hanges. Gras, Sträucher, gefallene Baumstämme und stehende Bäume begleiteten ihn. Der undeutliche Streifen des Horizonts rückte näher: der Idschit-Parma-Kamm.
Und tatsächlich, der Pfad fand sich bald unter Wolodjas Füßen ein, führte ihn nach oben, auf einen steilen Waldhang, der voller Windbruchholz lag. Der Pfad tauchte manchmal unter Baumstämme, ins Gras, ins Gebüsch – aber Wolodja ließ ihn nicht mehr aus den Augen, er hielt ihn fest.
Manchmal kam er an Ameisenhaufen vorbei. Sie standen da, bedeckt von rostroten Blättern, und wimmelten von Tausenden geschäftiger Bewohner. Sie alle waren winzig, nicht so wie im Traum! Wolodja bückte sich, sah ihnen zu, wie sie den Pfad überquerten, ohne sich um ihn zu kümmern. Sie waren mit ihren Angelegenheiten beschäftigt, schleppten zu zweit und zu dritt und auch allein winzige Zweige, Blättchen, Stöckchen,

Ästchen und Tannennadeln. Sie bereiteten sich für den Winter vor und hamsterten Vorräte.
Wo ist die Große Ameise? dachte Wolodja. Er stieg vorsichtig über die Kolonnen der Ameisen, um keine zu zertreten, und ging weiter den Hang hinauf. Auf der anderen Seite des Kammes kam Wolodja die Sonne entgegen, das fühlte er.
Wolodja erstieg den Grat von der einen Seite, die Sonne von der anderen. Die Bäume wurden seltener, die Sträucher, Birken, der Wacholder immer gnomenhafter, und immer häufiger steckten Felsbrocken ihre runzeligen oder glatten Stirnen aus der Erde. Der Himmel wurde strahlender und höher, und endlich trat Wolodja hinaus auf die Höhe des Idschid-Parma. Auch die Sonne kam heraus. Sie trafen sich, der Junge und die Sonne, und einer lächelte dem anderen zu.
Wolodja sah in die Sonne und dachte an seinen Bruder Iwan. Wie oft hatten sie wie jetzt die Sonne über dem Ural begrüßt; auch über verschneiten Gipfeln, blauen Klüften, über grünen Flußebenen und steilen Pässen, über Wildpfaden, die nur Jägern und Hirten bekannt waren. Die Sonne stand dann über runden Schalen mit durchsichtigem grünen Wasser, in dem Eisbrocken schwimmen. In diesen kleinen Gebirgsseen werden Flüsse geboren, beiderseits des Ural. Es sind die Wasserspeicher der Flüsse. In diesen verzauberten Wassern haben sie sogar gebadet! Och, und kalt war das Wasser! Die mächtigen Eisschollen tauen niemals auf! Wolodja hatte es fünf Minuten ausgehalten, sein Bruder zehn! Iwan hatte ihm gesagt, daß einer, der in einen dieser Seen abstürzt, für alle Ewigkeit nicht vergehen würde! Er würde zusammen mit dem Hubschrauber einfrieren und in einem Eisberg wie in einem Stück Glas am Steuerknüppel sitzen wie in einem Museum. »Und wenn die Wissenschaft so weit kommt«, sagte Iwan lachend, »kann man so einen nach tausend Jahren wieder zum Leben erwecken.«

Oft sprachen sie so miteinander, auf einer sonst unerreichbaren Wiese neben dem verstummten Hubschrauber. Dann starteten sie wieder, stiegen zur Sonne auf und begleiteten sie ein Stück. Wolodja blickte auf die blauen Berge des Ural über der krausköpfigen Taiga und in die von weißen Adern durchzogenen Schluchten, wo sich die Sonne vor dem Aufgehen verbirgt. Und plötzlich hatte Wolodja die Idee, daß sich dort der Kommunismus versteckt hält! Er will nicht heraus, der Kommunismus, solange es noch solche Menschen auf Erden gibt wie den Prokop.
Wolodja seufzte. Er sah zum Ebel-Is, diesem unansehnlichen, glatzköpfigen Berg hinüber und erriet dahinter, in einer nur wenig sichtbaren Falte der tiefgrünen Wälder, das Flußbett des Ilytsch. Morgen, am fünften Wandertag, wollte Wolodja bis zur Hütte kommen. Martemjan machte denselben Weg in drei Tagen, aber dafür war er auch ein alter Jäger und ein berühmter Waldläufer, der zügig ausschritt und unterwegs fast nie schlief. Wenn Wolodja es in fünf Tagen schaffte, war das auch nicht schlecht! Warum sollte er sich abhetzen? Einmal noch nächtigen – morgen am Ziel!
Wolodja wandte sich nach Süden und suchte den Pfad, der vom Kamm nach Osten führt. Hier auf der Höhe versteckte er sich in Schutt und feinem Geröll, zwischen Granitblöcken. Nackte Steine halten Spuren nicht fest. Auf dem Bergkamm sahen die Steine ganz anders als am Ufer aus. Hier oben waren sie rosa, bläulich und grün und hatten vom Wind abgeschliffene Kanten. Ihre Oberfläche war mit Moos oder mit dem Filigran von angetrockneten Flechten bedeckt. Am Fluß dagegen sind die Steine sauber, glatt und sanft; sie baden ja die ganze Zeit. Die am Ufer liegen, baden im Frühling, wenn Überschwemmungen kommen. Und auch im Herbst, wenn die Flüsse vom vielen Regen über die Ufer treten. Die Flußsteine sind alle rund und glatt.

Der Fluß schleift sie jahrhundertelang, rollt sie im Flußbett hin und her; darum nennt man sie auch Rollsteine.
Die Steine im Fluß schleift das Wasser, die Steine auf Bergen schleift der Wind, und das gibt ihnen ihr besonderes Gesicht. Aber sie sind Verwandte, um mit Martemjan zu sprechen. Nur haben sie verschiedene Leben, verschiedene Schicksale – wie die Menschen. Sieh dir an, wie verschieden Menschen aussehen: Neger sind schwarz, Mongolen gelb, und Russen sind weiß – und doch sind sie alle miteinander verwandt! Und so ist es mit den Steinen. Flußsteine, Gebirgssteine – alle Steine bilden eine Familie.
Essen sollte man und ein wenig Tee trinken, überlegte Wolodja. Gleich geht es bergab, dort wird sich eine Quelle finden. Ich muß erst den Berg hinunter, sonst gibt es weder Wasser noch Tee, weder Holz noch Feuer.
Wieder dachte er an den Großvater: Morgen werden sie zusammen Tee trinken! Martemjan liebte es, Tee in sich hineinzugießen! Und Wolodja liebte es ebenso. Wolodja wird dem Großvater den Tee zubereiten – das kann er wie kein anderer! Morgen! dachte Wolodja, und er sah es klar vor sich, wie er die kleine Hütte betreten wird, ohne vorher anzuklopfen, ganz unerwartet. Er wird sich unter den Bäumen an die Hütte heranpirschen, damit der Großvater ihn aus dem Fenster nicht bemerkt, und dann wird er ganz plötzlich die Tür der Hütte aufstoßen. Am besten wäre es, die Hütte ganz früh morgens zu betreten, wenn Großvater noch schläft – aber bis zum frühen Morgen wird es Wolodja nicht schaffen. Nachts zu gehen ist nicht ratsam; besser, man schläft sich aus. Abends anzukommen wäre besonders passend. Tagsüber ist der Großvater vielleicht gar nicht da, weil er am Ilytsch Lachse fängt oder Heu wendet oder am Ufer Heuschober aufstellt, deren Mittelstütze zugleich auch den Himmel stützt. Abends aber trinkt der Groß-

vater Tee und schaut zum Fenster auf den Fluß hinaus. Und in diesem Augenblick wird Wolodja zur Tür hereinkommen und sagen: »Guten Tag, Großvater! Hier bin ich!«
»Woher kommst du?« wird Martemjan erstaunt fragen. »Bist du mit Iwan hergeflogen? Aber ich habe doch keinen Hubschrauber gehört, bin ich denn schon taub?«
Wolodja wird lachen.
»Auf meinen Beinen bin ich hergeflogen, weil ich es ohne dich einfach nicht mehr ausgehalten habe.«
Und da wird Martemjan ihn natürlich erst ein wenig tadeln – zur Selbstberuhigung. Nur so, zum Schein! Wolodja ist ja nicht das erstemal in der Taiga. Er war schon zur Pilz- und Beerensuche unterwegs, und er ist in Großvaters kleinem Motorboot den Ilytsch entlang gefahren. Und geschwommen ist er sogar schon allein; nicht allzu weit, das ist richtig, aber immerhin! Er ist ja auch schon ins nächste Dorf ohne Begleitung gegangen! Natürlich ist das alles gar nichts im Vergleich zu dieser Wanderung. Nein, so weit war er noch nie allein von zu Hause fortgewesen. Der Großvater wird den Kopf schütteln – und wird stolz auf seinen Enkel sein. Bist ein Mann geworden, wird er sagen, ein ganz toller Bursche!
So erlebte Wolodja seine Ankunft bereits in allen Einzelheiten, und das war natürlich ein Fehler. Man soll nicht im voraus zu sicher sein.
Wolodja marschierte so vor sich hin, als er von den Hängen eine kleine Glocke klingen hörte – wie von einem Weidetier, einem Pferd oder einer Kuh. Aber Wolodja weiß, daß es der Wind ist, der die Steine zum Klingen bringt. Schlau ist dieser Wind! Er möchte Wolodja verführen. Aber Wolodja wird nicht den Weg verlassen, um die Kuh zu suchen oder das Pferd, und sich dabei verirren. So ein Dummkopf ist Wolodja nicht. Das soll der Wind nicht glauben! Und jetzt war da auch wieder ein

Geruch von Verbranntem, als wäre in der Nähe ein schwelender Scheiterhaufen. Aber das kam nicht von einem Scheiterhaufen – das wurde von einem Waldbrand von weither geweht. Und als es Wolodja schien, sogar der Regenbogen über dem Fluß röche nach Rauch, da versuchte ihm der Wind zum drittenmal einen Streich zu spielen.

Unversehens war Wolodja in eine riesige Mückenwolke über dem Gebirgskamm geraten. Die Wolke reichte hoch in die Luft und zog über dem Kamm dahin, fast einen Kilometer lang; der Himmel war grau geworden. Wolodja blieb stehen. Es war schwer weiterzugehen bei solch einem Mückensturm! Die dichten Mückenwolken verdunkelten die Sonne am Himmel, die Mücken tanzten über dem Bergkamm wie Verrückte! Und sie beachteten Wolodja überhaupt nicht. Heute hatte er sich mit dem Mückenmittel nicht eingerieben – und bitte! da steht er in einer dichten Mückenwolke und sie beißen nicht! Sie tanzen nur wie Wahnsinnige, umkreisen ihn, dringen ihm in Augen, Mund, Nase, in die Ohren.

Was ist los mit ihnen, haben sie irgendeinen Feiertag?! Oder sind sie alle übergeschnappt? Und plötzlich fiel es Wolodja ein: Sie feierten Hochzeit! Der Großvater hatte ihm gesagt, daß die Mücken eine Massenhochzeit feiern, wie auch andere Insekten. Männchen und Weibchen versammeln sich zu Tausenden und schwirren in der Luft irgendwo über einem offenen Platz, sie tanzen, sind ausgelassen und vergessen alles auf Erden. Und wenn man mit Kanonen auf sie schießen würde, sie haben nur eines im Sinn – ihre Hochzeit! Würden sie doch immer Hochzeit feiern, dachte Wolodja, gut wäre das! Dann würden sie einen nicht mehr beißen! Aber Hochzeitsfeiern sind ebenso kurz wie alle anderen Feiertage. Großvater Martemjan hatte ihm erzählt, daß es Eintagsfalter gibt, die, kaum geboren, schon so eine Hochzeit feiern. Sie fliegen über dem Fluß in wei-

ßen Wolken heran wie weicher, dichter Schnee, und gleich nach ihrer Hochzeit fallen sie zur Erde, legen ihre winzigen Eier und sterben! Sie werden geboren und leben nur für diesen einen Feiertag, ihre Hochzeit! Es gibt eben solche armen kleinen Falter, solche leichtsinnigen! dachte Wolodja. Er kämpfte sich durch die Millionen-Mücken-Wolke, die Luft war erfüllt vom feinen Schwirren der Mückenflügel. Wolodja kniff die Augen zusammen, die Nasenflügel, er zog den Kopf zwischen die Schultern ein und spuckte – aber aus dieser Mückenhochzeit gab es kein Entrinnen.
Wolodja fand den Pfad, der vom Kamm hinabführte. Er ging und tauchte in die Taiga ein wie in ein Meer – bis auf den Grund. Zwischen den Bäumen gab es keine Mücken, sie tanzten alle dort oben auf dem Grat.
Gewöhnlich sind solche Mückenhochzeiten im Juni, überlegte Wolodja, und jetzt haben wir August. Na, wahrscheinlich liegt das an der verrückten Hitze in diesem Jahr! Kann sein, daß die Mücken eine zweite Hochzeit, eine außer der Reihe, feiern und über die Stränge schlagen. Laß sie! Auf diese Weise kann ich mein Mückenmittel sparen!
Nun ging er wieder unter einem grünen Dach, im kühlen Schatten und suchte nach einer Quelle. Neben einem Felsen fand er eine: Auf dem Boden eines kleinen, wassergefüllten Kraters tanzte der Sand, silbrige Luftbläschen stiegen auf und zerplatzten an der leichtbewegten Oberfläche. Das Wasser war glasklar, es floß über und lief weiter zwischen Gras und Steinen, wo es Spuren von Rost trug. Rings um die Quelle wuchs Moos in hellgrünen Polstern, gespickt mit dunkelgoldenen Nadeln. Hohe dichte Grasbüschel und Kletten standen da, ebenfalls grell grün.
Wolodja legte sich auf den Bauch, tauchte den Mund in das quellende Wasser und trank lange, sein durchlässiges, schau-

kelndes Spiegelbild vor Augen. Er trank in winzigen Schlukken, weil das Wasser ihm die Zähne fast vereiste. Als er sich von der Quelle losriß und einen Augenblick wartete, bis der Schmerz an der Nasenwurzel nachließ, fielen von seinem Gesicht schwere silberne Tropfen. Er stand auf, spülte und füllte den Wasserkessel, sammelte Reisig, zündete es an und hängte darüber den Kessel in die Gabel eines dicken nassen Föhrenastes, der mit dem spitzen Ende ins moosige, feuchte Erdreich gespießt war.

Wolodja blickte in die orangerote Flamme und wartete. Er betrachtete den Pfad, der den Berg hinab auf dunkles Dickicht zulief. Er sah die tanzenden Sonnenstrahlen zwischen den Tatzen der Tannen und dem lockigen Laub der Birken; auf der Erde hüpften Sonnenhäschen. Die Erde war ein wenig faulig, übersät mit roten und gelben und schwarzen Blättern, auch mit Reisig und Tannenzapfen und Moder. Das Wasser im kleinen Kessel kochte bald. Wolodja setzte ihn vorsichtig auf ein kleines Moospolster. Er streute schwarzen Tee in das dampfende Wasser und rührte mit einem Stöckchen um. Die Teeblätter begannen im Kessel zu kreiseln, sie gaben dem Wasser Duft und Geschmack. Kreiselnd sanken sie zum Kesselgrund, das Wasser wurde dunkelbraun, fast schwarz. Wolodja warf ein wenig Zucker hinein, verrührte ihn, holte seinen Becher hervor, Brot und den Beutel mit den eingesalzenen Äschen. Wie gut das schmecken wird, eingesalzene Äschen zum süßen Tee! Wolodja zerlegte einen Fisch in Querstücke, schnitt sich etwas Brot ab und nahm einen Schluck Tee, nachdem er den Becher mit einem Läppchen ausgewischt hatte. Er blies in den heißen Tee, schmeckte ihn ab, verbrannte sich, nahm einen bittersüßen, duftenden Schluck, biß sofort vom Gesalzenen ab und schob Brot nach. Da saß er, ein kleiner Waldmensch, kniff die Augen vor Vergnügen zu, kaute, leckte sich die Lippen und

blickte in das erstaunte und ihm ergebene Waldesdickicht, das ihn mit unsichtbaren Augen ansah.
Eine Stunde später wanderte Wolodja ruhig weiter. Er dachte an den Großvater, an die kleine saubere Hütte mit dem weißen gehobelten Fußboden, mit den harzigen Bohlenwänden, in denen alle Ritzen mit trockenem, gelbem Moos verstopft sind; dachte an das kleine Fenster, das bald hellblau, bald schwarz, bald golden auf den Fluß schaut; an die beiden Betten unter Mückenschleiern und an den dickbäuchigen, verzierten Ofen aus geweißtem Lehm. Na, und er sah das kleine Badehaus am Ufer, in dem er und der Großvater sofort ein Dampfbad nehmen und dann in den Fluß tauchen würden mit Birkenblättchen an ihren Körpern, wobei der Atem stockt, das Herz stehenbleibt und das erhitzte Blut vereist!
Während Wolodja ging, stellte er sich vor, wie Großvater und er zum Heuwenden gingen, wie sie Lachs aus den Netzen holten oder Beeren und Pilze suchten auf abgeholzten Lichtungen, im Moor, in hellgetöntem Dickicht. Von all diesen einfachen menschlichen Freuden träumte er. Auch von den leichten dikken Schneeflocken, weich wie Daunen, von Schneewehen und vom blauen Eis auf dem Fluß, auf dem er in kurzen grauen Wintertagen Schlittschuh laufen wird. Und an die Schule dachte er, an Alewtina, neben der er im warmen Klassenzimmer sitzen wird, und mit Vergnügen erinnerte er sich an Fernsehsendungen, zum Beispiel über das Orbit-System, und an die gemeinsam gemachten Schulaufgaben. Er sah vor sich das zugefrorene Fenster, auf dem der Frost Palmen wachsen ließ, und hörte, wie der Schneesturm sein ewiges Lied sang.
So wanderte er und dachte an lauter angenehme Dinge, und seine Gedanken bewältigten dabei riesige Entfernungen, zeitlich und räumlich. Sie liefen um die ganze Erde. Wolodja wanderte so, bis die Nacht kam. Dann legte er sich schlafen.

Die Große Ameise! Wie kam sie nur hierher? Wischte sich das Gesicht und saß neben Wolodja, schwarzrot, von Kopf bis Fuß naß von Schweiß.
»Na, bist du zufrieden?« fragte sie wichtig. »Der Scheiterhaufen ist gut gelungen. Sieh nur!«
Tatsächlich! Solch einen Scheiterhaufen hatte Wolodja noch nie im Leben gesehen. Trockenes Holz war bis unter die Wolken aufgeschichtet und in Brand gesteckt. Die Flammen schlugen immer höher, rauschend und knisternd. »Wann habt ihr das alles angeschleppt?« fragte Wolodja verblüfft.
»Hähä! Für uns ist das wie einmal ausspucken!« Die Große Ameise grinste. »Wir Ameisen sind – du kannst sie zählen – zu Tausenden da. Jeder von uns schleppt ein Stückchen Holz herbei, so wird ein Berg daraus. Und dann noch einmal!«
Als Stückchen Holz bezeichnete die Große Ameise verächtlich die riesigen Tannen und Lärchen und das abgestorbene Unterholz.
Der Scheiterhaufen war mit Verstand errichtet – in dieser Beziehung konnte man den Ameisen nichts nachsagen. Die Bäume waren sorgfältig aufgestapelt. Der ganze Feuerstoß ähnelte einem Ameisenhaufen.
Wolodja bedankte sich höflich und setzte dann vorsichtig hinzu: »Nur... es ist schon etwas zu heiß.«
»Wieso das?« fragte die Ameise beleidigt. »Für *dich* hab' ich mich doch angestrengt! Damit du es wärmer hast, darum! Du selbst hast doch darum gebeten.«
»Ich? Darum gebeten? Ich erinnere mich nicht.«
»Gestern, vor der Morgendämmerung, als der Tau fiel, im Schatten des Kurgan – erinnerst du dich wirklich nicht? Da hast du dir doch einen Scheiterhaufen gewünscht – aber du hattest es eilig!«

»Aber ich hatte das doch nur gedacht! Wie kannst du davon wissen?.«

»Ich, mein Lieber, kenne alle deine Gedanken«, sagte die Große Ameise voll Stolz. »Siehst du meine Antennen?«

Sie berührte mit der gabelförmigen Pfote die langen, gegliederten Fühler. »Mit diesen Antennen fange ich deine Gedanken ein.«

»Ich dachte, daß man Antennen in der Fabrik herstellt... Das sind doch nur einfache Schnurrbarthaare!«

»Nichts auf der Welt ist einfach. Das, was ihr in Fabriken herstellt, ist übrigens längst schon dagewesen. Von der Natur hergestellt! Wie sollten wir Ameisen uns sonst unterhalten? Wie sollte ich Befehle weitergeben, wenn nicht mit Hilfe von Antennen! Eine Stimme haben wir doch nicht!«

»Aber wir beide, wie sprechen wir denn miteinander?«

»Auch nur durch Gedankenübertragung! Ohne einen Laut! Fühlst du denn nichts? Also paß auf, ich werde gleich sprechen, hör zu!«

Wolodja lauschte und sah die Große Ameise dabei an. Tatsächlich – obwohl sie munter die Kinnladen bewegte und eine ganze Rede hielt, hörte Wolodja nur das Geräusch des sich immer mehr entflammenden Scheiterhaufens, und dieses Geräusch wurde immer lauter! Dennoch verstand Wolodja die Ameise deutlich, nur merkwürdigerweise nicht mit den Ohren, sondern tief in sich. Die Ameise hätte den Mund gar nicht zu bewegen brauchen, und Wolodja hätte ihre Botschaft vernommen. Die Ameise hatte auch schon aufgehört, die Kinnladen zu bewegen, und trotzdem klang jedes Wort, das sie dachte, klar in Wolodjas Kopf wider.

Die Hitze wurde immer unerträglicher.

»Und wenn du in diesen Scheiterhaufen blickst«, fuhr die Ameise fort, »wirst du verstehen, was Tausende, ja Millionen zu tun vermögen, wenn sie ihren eigenen Willen einem einzigen Anführer unterwerfen. Du wolltest eine warme Nacht. Bitte! Da hast du die warme Nacht! Sogar eine heiße Nacht ist es! Tausende von Ameisen haben das für dich bewirkt, alle tausend wie ein einziger! Und alles deinetwegen! Damit du es wärmer hast, wenn du weitergehen mußt.«

»Ja, aber ihr habt es ein bißchen zu sehr...«

Wolodja fuhr plötzlich aus dem Traum hoch, denn in sein Gesicht war ein glühendes Stück Holz aus dem Himmel gefallen. Entsetzt sprang er auf. Die Ameise war verschwunden, aber dicht neben ihm stand die Taiga in Flammen! Ringsum war es hell, obwohl der Morgen noch nicht gekommen war. Gigantische Schatten und Flammenzungen tanzten und sprangen umher. Rauch wallte hoch in schwarzroten Wolkenklumpen, Funken stoben, und das Feuer brüllte wie hunderttausend Elche.

Wolodja stürzte davon und rannte.

Wie lange er so lief und wohin, konnte Wolodja weder jetzt noch später sagen. An all das erinnerte er sich wie aus einem Nebel heraus. Er lief über brennende Erde, er rannte zwischen Bäumen hindurch, die wie brennende Fackeln dastanden. Er orientierte sich nur nach dem Dunkel, und neben ihm liefen Flammenzungen, überholten ihn, Schatten liefen mit ihm und irgendwelche Tiere. Aus der rauchigen Luft fielen Vögel, mit den versengten Flügeln schlagend wie große schwarze Nachtfalter. Das Feuer raste hinter Wolodja her und brüllte schrecklich, und der Rauch fuhr durch die Luft. Wolodja lief zwischen den Bäumen ins Dunkle, er versuchte das Feuer zu überholen, er lief lange durch Moor und Gestrüpp und Gesträuch. Es riß ihm die Haut von Händen und Füßen, es riß seine Kleidung in Fetzen. Endlich blieb das Feuer ein wenig zurück. Nur der Rauch verfolgte Wolodja noch.

Wolodja lief. Die Füße versanken im Moos, schmatzten durch den Sumpf, er stolperte über Bäume und fiel hin, er lief auf allen vieren, zerschlug sich bis aufs Blut... und dann schwamm er im Mondschein, in einem blauen beängstigenden Licht. Hinter ihm stand ein flammender Himmel über einem breiten kalten Fluß. Wolodja lief weiter, aber nun in einer klaren, kühlen Luft, weit weg vom Brand und unter einem dämmernden Morgenhimmel. Dann verlor er das Bewußtsein. Als er wieder zu sich kam, war es heißer Tag. Es roch nach Brand, aber das Feuer war weit fort. Er wachte zerschlagen und hungrig auf und griff nach seiner Tasche. Sie war fort! Weder Angel noch Tasche hatte er mehr. Streichhölzer, Geschirr, Brot und gesalzene Äschen – alles war verbrannt, dort, wo die Tasche am Baum hängengeblieben war. Auch sein Messer hatte er nicht mehr.

Um Wolodja war ein ziemlich freier Platz, da und dort wuchsen kleine Tannen und Birken. Es gab da Steine in Menschengröße. Ein völlig fremder Platz! Eine fahle Wolkendecke hing über der Lichtung. Wieder tanzten über Wolodja Mücken, sie bissen, aber er hatte kein Mückenmittel mehr, und er verscheuchte sie auch nicht, denn er war unempfindlich gegen Mückenstiche geworden.

Er begann wieder zu gehen, nach Osten, auf lichtere Wolken zu. Vielleicht ging er aber gar nicht nach Osten, denn die Sonne war nicht zu sehen. Der Wind trug Brandgeruch mit sich fort. Wolodja ging mit dem Wind und blickte stumpf bald nach rechts und bald nach links.

Da kam ihm plötzlich sein erster Ameisentraum in den Sinn. Er sah den Ameisenhaufen, davor die Ameisen in konzentrischen Kreisen, er sah wie durch ein umgekehrtes Fernrohr, hundertfach verkleinert. Es waren dieselben Ameisen, und in ihrer Mitte, umgeben von zwölf schlanken Ameisen-Offizieren, stand die Große Ameise. Es war alles genau wie damals, nur winzig. Wolodja stand auf seinen hohen Beinen wie auf Säulen. Die Füße steckten in riesigen, zerrissenen, schmutzigen Sportschuhen, in wahren Klötzen, an denen sich die Sohlen kaum mehr hielten. Wolodja stand über seinem Ameisentraum wie ein furchterregender Riese.

»Immer noch in derselben Sitzung!« sagte Wolodja mit heiser gewordener Stimme. »Na wartet, ihr! Ich will euch gleich...!« Er hob den Fuß, aber aus irgendeinem Grunde trat er nicht auf die Ameisen, sondern machte einen Schritt zur Seite und schleppte sich dann taumelnd weiter.

Ganz kam Wolodja erst zu sich, als er unter einem riesigen lila Felsbrocken klein und grau ein Häschen liegen sah. Das Häschen betrachtete ihn mit großen Augen, rührte sich aber nicht, obwohl es schwer atmete. Da sah Wolodja, daß das Häschen versengt war, auch die Schnurrhaare und Wimpern. An den Flanken, die sich bei jedem Atemzug mühsam hoben, waren Blasen auf der nackten Haut zu sehen. Nun war Wolodja wieder vollkommen wach. Er hatte großes Mitleid mit dem Häschen, mehr Mitleid als mit sich selbst.

Wolodja zog langsam seine schmutzige, versengte Jacke und das Hemd aus, das ebenfalls verdreckt war. Er riß einen Streifen davon ab, wusch ihn in einem nahen Bach gut aus und legte ihn auf den Felsen. Das Häschen sah Wolodja unverwandt mit traurigen Augen an, es bewegte sich nicht und atmete nur schwer. Aufmerksam beobachtete es Wolodja, wie er auf den Knien über die Erde kroch und gelbliche Sporen von den Moospolstern pflückte.

Dann kam Wolodja zurück, nahm den feuchten Stoff vom Stein und setzte sich zum kleinen Hasen.

»Jetzt wollen wir uns mal auskurieren!« sagte er. Wolodja breitete den feuchten Lappen aus, riß Streifen von ihm ab und legte sie zusammen. Dann zerrieb er die Sporen und streute sie auf die Läppchen. »Bleib ruhig liegen!« befahl er dem Hasen, der sich ohnehin nicht rührte. Wolodja legte ihm die kühlfeuchten Läppchen mit den Sporen auf die Brandstellen und bandagierte alles fest, wobei er ab und zu den Hasen hochheben mußte. Sorgfältig achtete er darauf, daß jede Wunde gut verbunden wurde. Er legte den Hasen vorsichtig unter den Felsvorsprung und stand auf.

»Bleib ruhig liegen!« wiederholte er. »Na bis dann!« Wolodja zog die Jacke an und ging. Nun war ihm leichter ums Herz. Er ging am Bach entlang. Und da wurde ihm zum erstenmal richtig bewußt, daß er sich verirrt hatte. Die Große Ameise hatte recht behalten. Wolodja war endgültig vom Weg abgekommen und hatte keine Ahnung, wo er sich befand. Nachts hatte er doch irgendeinen Fluß überquert! Und wo war jetzt der Ilytsch? Rechts oder links oder hinter ihm? Wohin lief dieser Bach? Der Himmel war gelb, die Wolken bildeten eine dichte Decke, hinter der sich sogar die Sonne versteckte.

»Ich muß den Ilytsch finden«, sagte Wolodja laut, »oder irgendeinen anderen Fluß! Ich werde am Bach entlanggehen.«

Er ging lange. Als vor ihm durch dichtes Gesträuch ein Fluß auffunkelte, ging er schneller. Bald entdeckte er am jenseitigen Ufer eine Hütte. Der Fluß war nicht sehr breit und floß ruhig dahin, nicht etwa so wie der Ilytsch. Wolodja wollte schon hinüberschwimmen, da sah er im Gebüsch eine Bärenmutter mit zwei Kleinen. Langsam und faul setzten sie ihre Tatzen. Von links kamen sie daher und strebten dem Sandufer zu, voran die Bärenmutter, hinter ihr die Bärenkinder. Und dahinter kam noch ein Bär, schon größer als die Kleinen. Sie wollten ans jenseitige Ufer, wohin auch Wolodja wollte.

Wolodja beobachtete, versteckt im Gebüsch, was nun geschah. Gut, daß der Wind zu mir herweht, dachte er, so wittern sie

mich nicht. Wolodja wußte, daß Bärinnen in dieser Zeit besonders reizbar sind, weil sie für ihre Kinder fürchten. Die Kleinen waren noch nicht einmal ein Jahr alt. Das dritte Bärenkind war sicher schon zwei Jahre, ein großer starker Bursche. Er war ein Pestun, ein Aufpasser für die beiden kleinen Brüder. Der Großvater hatte Wolodja von diesen Aufpassern erzählt. Aber Wolodja sah gleich, daß dieser Pestun ein fauler Strick war, und darum war er gespannt, was nun geschehen würde.
Die große, alte Bärin schwamm in aller Ruhe über den Fluß und überließ die Sorge um die Kleinen dem Pestun. Als sie am anderen Ufer aus dem Wasser stieg, schüttelte sie sich so mächtig, daß die Wasserspritzer wie ein großer Fächer das Geröll bis zur Hütte hin benetzten. Dann sah sie sich um, stellte fest, daß sich der Pestun keineswegs um die Kleinen kümmerte und daß die Bärenkinder kläglich wimmerten. Sie standen auf ihren Hinterbeinen im Wasser, streckten der Mutter am anderen Ufer ihre kleinen Pranken entgegen und tappten dann im flachen Wasser herum, weil sie Angst hatten.
Der Pestun aber schwamm seelenruhig, ohne sich umzusehen, über den Fluß.
Die Bärin erwartete den Pestun am anderen Ufer und fletschte die Zähne. Der Pestun stieg aus dem Wasser, ging auf seine Mutter zu – und plötzlich warf ihn eine mächtige Ohrfeige in den Fluß zurück. Er überschlug sich zweimal. Fast hätte Wolodja laut aufgelacht. Jetzt hatte der Pestun begriffen. Er kehrte eilig zu den Kleinen zurück, schob sie unter zärtlichem Gebrummel ins Wasser, schwamm dicht hinter ihnen, so daß er bald den einen, bald den anderen mit seiner Nase vorwärtsstoßen konnte. Als die Kleinen ans andere Ufer kletterten, leckte die Mutter sie. Den Pestun aber beachtete sie nicht. Schuldbewußt leckte er die Bärin, worauf sie sich dann allesamt würdevoll in Bewegung setzten und an der Hütte vorbei im Wald ver-

schwanden. Vorn ging wieder die Mutter, dann kamen die zwei Kinder, dann, den Zug beschließend, der Pestun.
Wolodja sah die Bärin noch auf einem umgestürzten Baum entlangbalancieren – wie ein Zirkuskünstler. Auch die Bärenkinder und der Pestun krabbelten auf Baumstämmen hinterher, obwohl sie sich ebensogut daneben auf dem Geröll hätten bewegen können.
Wolodja wußte, warum die Bärenmutter die Baumstämme bevorzugte. So verwischte sie für alle Fälle die Spuren.
Als die Bären verschwunden waren, wartete Wolodja noch ein wenig, dann kam er aus seinem Versteck und schwamm über den warmen Fluß. Am jenseitigen Ufer stieg er über das Geröll nach oben zur Hütte. Sein Herz klopfte, als er das hohe, dichte Gras mit den Händen beiseite schob und die Behausung betrat. Sie war leer. Wolodja ging durch den kleinen Flur ins Zimmer und blieb stehen. Die Hütte war hübsch eingerichtet und neu. Sofort bemerkte er auf dem Tisch unter dem Fenster ein Päckchen mit Verbandzeug, Watte und Medizinen. Auch Jod in Ampullen und ein dickes Heft. Wolodja setzte sich auf die Bank am Tisch und nahm das Heft. Auf ihm stand: *Heft für hier durchkommende Wanderer.*
Innen stand auf dem Umschlag: *Geologen! Es wird gebeten, nichts wegzuwerfen! Den Winter über sichtbar an dieser Stelle liegenlassen!* Dann kam eine unbeschriebene erste Seite. Auf der zweiten stand: *Begonnen am I.IV.1971.*
Die erste Eintragung stammte vom 7. April 1971: *Kommen vom Gebirgspaß ... unleserlich ... über den Kamm Chambu-Urr und vom Fluß Uk-Ju. Wanderten bei gutem Harsch und einer Temperatur von 7 Grad. Betraten die Hütte um 17.00 Uhr. Die Gruppe geht über den Ilytsch und den Kamm Idschid-Parma Richtung Trotzki-Petschersk. In zwei Tagen hoffen wir am Ziel zu sein.*

Hier folgten sechs Unterschriften:

Said Kuliew – K.
Schemjak Schekulew – 2 K.
Jakulik
Arinz
Suchorukow
Kowal
7.IV.71.

(Mit dem Buchstaben »K« sind Koryphäen der großen Wanderung gemeint.)

Wolodja wandte die Seite um. Mit ungeschickter Schrift war da hingemalt: *25/IV/71. Ein Arbeiter der 2. Abteilung kam hier durch. Alles an seinem Platz. Rjabow.* Und noch eine Eintragung war da:
3. Juli 1971, Arbeiter der 5. Abteilung Wyssokaja, L. Lesnikow. Aus Karelien, Station Lo-u-chi. Dann stand, von sehr ordentlicher, offensichtlich weiblicher Hand geschrieben: *Könnte man nur solch einen Zukünftigen finden wie Schemjak Schekulew! 2 K.!!*
Und dann war alles leer.
Wolodja dachte nach. »Der Gebirgskamm Chambu-Urr«, hörte Wolodja den Großvater sagen, »liegt über meiner Hütte, hinter dem Fluß Uk-Ju gegen Norden!« Also befinde ich mich zwischen dem Ilytsch und dem Uk-Ju! überlegte Wolodja. Aber wo? Am rechten oder linken Ufer des Ilytsch, nördlich der Hütte oder südlich? So oder so, dieser Fluß hier muß mich zum Ilytsch bringen! entschied Wolodja.
Am Heft war ein Kugelschreiber angebunden, Wolodja nahm ihn und schrieb: *Ich komme aus Kotschildin und gehe zur Hütte meines Großvaters.* Einen Augenblick lang dachte er nach und schrieb dann: *In zwei Tagen hoffe ich am Ziel zu sein.* Schließ-

lich setzte er noch hinzu: *Koryphäe im Durchqueren der Taiga, Wolodja Iwanow, 11 Jahre alt, 17. August 1972.*
Er überlas das Geschriebene, strich das Wort Koryphäe aus und setzte darüber: *dreifache Koryphäe!*
Vor dem Ofen auf dem Fußboden und hinter dem Ofen an der Wand lagen Holzscheite. Wolodja durchsuchte die Hütte nach etwas Eßbarem. Auf einem Regal über dem Fenster entdeckte er ein Glas, auf dem eine Zeitschrift lag. Im Glas war grobes gelbes Salz. Hinter dem Glas lagen einige angeschimmelte Brotrinden. Wolodja setzte sich an den Tisch, knabberte an den Rinden und blätterte in der Zeitschrift, einem Heft vom *Krokodil.* Der Umschlag und einige Seiten waren abgerissen. Aber Wolodja erkannte es sofort! Er liebte dieses Magazin sehr, denn es war lustig und interessant. Und da sah er auch die bekannten Namen unter den Zeichnungen: Jelissejew und Skobelew. Es sah so aus, als machten die beiden alle Zeichnungen gemeinsam. Wahrscheinlich waren sie gute Freunde! Schön, wenn Menschen so befreundet sind, dachte Wolodja. Es müssen Leute mit Humor sein, dieser Jelissejew und Skobelew. Toll zeichnen sie! So dammliche Fratzen, daß einem der Bauch platzen könnte. Längst kannte Wolodja die Namen aller Mitarbeiter am *Krokodil* auswendig, und er träumte davon, einmal ihre Bekanntschaft zu machen. Vielleicht würde er selbst einmal ein Künstler werden. Obwohl er dessen nicht ganz sicher war; denn unter Umständen würde er auch ein Flieger wie sein Bruder Iwan. Oder ein Kosmonaut wie der Juri Gagarin.
Die Namen unter den Zeichnungen waren für ihn alte Bekannte, besonders jetzt, da er sich verirrt hatte und hier saß. Als er sich satt gesehen hatte, schloß er das Heft. Er legte es an seinen Platz auf die Salzdose, streckte sich auf der verstaubten Bank aus, räkelte sich ein wenig und schlief ein, den Rest der angeschimmelten Brotrinde in der Hand.

Großvater Martemjan pflegte zu sagen, daß Alewtina und Wolodja lange leben würden, denn sie waren, obgleich noch Kinder, schon dreimal gestorben: Alewtina einmal, zweimal Wolodja. Und jedesmal kamen sie wohlbehalten aus dem Jenseits zurück.

»Merkwürdig, daß wir beide schon im Jenseits waren!« sagte Wolodja zu Alewtina. »Wie war es dort? Erinnerst du dich?«

»Nein«, antwortete Alewtina und schüttelte den Kopf.

»Ich erinnere mich auch nicht!« sagte Wolodja nachdenklich. »Mir ist, als hätte ich dort nur geschlafen und nicht einmal geträumt!«

Als Alewtina starb, war sie noch ganz klein, und damals hatte sie noch eine Mutter, an die sie sich heute nicht mehr erinnern kann. Eines Tages, mitten im Winter, machten sich Alewtinas Eltern zu einem Besuch im benachbarten Dorf auf den Weg. Sie nahmen Alewtina mit, weil sie einen ganzen Tag, ja sogar über Nacht bei den Freunden bleiben wollten. Einem Nachbarn konnten sie Alewtina nicht überlassen, denn sie wurde noch von ihrer Mutter gestillt. Zu gehen waren ungefähr fünfzehn Kilometer, immer auf dem Eis des zugefrorenen Flusses. Alewtina wurde in eine Decke eingewickelt und in einen kleinen Schlitten gelegt. Prokop nahm den Schlittenstrick, und sie zogen los, die Eltern voran, sich lebhaft unterhaltend. Alewtina in ihrem kleinen Schlitten dahinter. Sie war ein fröhliches Kind und weinte fast nie. In ihre Decke gehüllt, einen Schnuller im Mund, lag sie im Schlitten, blickte durch einen Schlitz in den Himmel, hörte der lauten Unterhaltung der Eltern zu und lauschte auf das Knirschen der Kufen im Schnee. Einmal stillte die Mutter ihr Kind unterwegs, ungefähr auf halbem Weg. Später schlief Alewtina in ihrem kleinen Schlitten ein, der lange

Weg sang ihr ein Wiegenlied. Der Schnuller war ihr aus dem Mund geglitten und klebte unter der Decke an ihrer Wange, und da er naß war, überzog er sich mit Eis. An diesem Morgen herrschte strenger Frost, so an die dreißig Grad. Der warme Atem, der aus Alewtinas kleinem Mund kam, schlug sich sofort an den Rändern der Decke als flockiger Reif nieder. Durch diesen Reif wurde der Luftspalt in der Decke immer enger und wuchs bald ganz zu, wie im Winter in allen Hütten die Fenster mit Eisblumen zuwachsen. Derart starker Frost läßt auch das Pferdegeschirr zusammenfrieren.

Alewtina schlief fest unter diesem Reif, sie schnarchte sogar ein wenig, wie das jeder Schläfer macht, der auf sich hält. Zuerst war sie von der Muttermilch, dann vom Frost ganz rot geworden. Aber nun wurde sie immer blasser, und bald war Alewtina weiß wie Schnee. Nur die Lippen blieben noch rosig. Doch kein warmer Hauch kam mehr aus ihnen. Alewtina war gestorben. Die Eltern hatten sie vergessen. Sie unterhielten sich im Gehen, im Vorgeschmack der Freuden im Nachbardorf, denn sie trafen sich dort alle zu einem großen Kirchenfeiertag. Sie machten weit ausgreifende Schritte, der Schnee knirschte unter ihren Füßen. Der kleine Schlitten mit der toten Alewtina hinter ihnen war leicht. Erst im Dorf, bereits in der Hütte, sahen sie beim Auswickeln des Mädchens, daß es nicht mehr atmete. Die Mutter fing an zu schreien, beschimpfte Prokop, aber was nützte das schon! Nur gut, daß gleich nebenan ein Arzthelfer wohnte, ein junger, kluger Mann. Er zog Alewtina aus, machte Übungen und beatmete sie künstlich, gab ihr Klapse auf den Po und ruhte nicht eher, als bis er den Atem wieder in Gang gebracht hatte. Alewtina kehrte ins Leben zurück und lächelte, als sei nichts geschehen! Alle konnten nur eins sagen: »Ach!« Sie sagten »Ach«, weil das Mädchen nun wieder lebte.

»Menschen sterben nun einmal Tag für Tag – aber wieder

lebendig werden, das kommt äußerst selten vor«, sagte Großvater Martemjan immer.

Die alten Weiber in der Hütte nahmen sofort die Ikone von der Wand und segneten Alewtina wegen der ihr erwiesenen Gnade. Aber der Arzthelfer sagte, es sei gar keine Gnade, sondern einfach ein glücklicher Zufall gewesen, daß man das Aussetzen ihrer Lebensfunktionen gerade noch rechtzeitig bemerkt habe. Ihr gesamter Organismus sei, der Kälte wegen, stehengeblieben, so wie Uhren manchmal bei großer Kälte stehenblieben.

Wäre dieser junge Arzthelfer nicht gewesen, dann wäre Alewtina für immer aus dem Leben geschieden. Er hatte gerade in Moskau sein Studium beendet und war erst vor kurzem hierher in den Norden gekommen. Er war ein moderner und kluger Mensch. Später veröffentlichte er über diesen Fall einen Artikel, und er erwähnte sogar Alewtinas Namen, obwohl sie doch nur ein Säugling war. Na, und nach dieser Begebenheit trank man natürlich, und zu Ehren der wunderbaren Wiederbelebung nicht gerade wenig, und es wurde auch nicht nur einen Tag lang gefeiert, sondern drei Tage hintereinander.

Prokop betrank sich derart, daß er barfuß bei dem klirrenden Frost durch das Dorf lief und schrie, sein Geschlecht sei unsterblich.

Und jetzt also die beiden Tode, die Wolodja starb: Das erstemal starb er, als er fünfeinhalb Jahre alt war. Wegen Blinddarmentzündung brachte man ihn in einem Motorboot nach Jeremejewo ins Krankenhaus. Die Schmerzen waren so furchtbar, daß er sich auf dem Heu im Boot krümmte. Im Krankenhaus kam er sofort auf den Operationstisch, eine Chloroform-Maske wurde ihm auf das Gesicht gelegt, aber Wolodja war unruhig. Die Ärztin, eine wuchtige, dicke Person, fing schon an, seinen Bauch aufzuschneiden, da gab Wolodja mit der Hand ein Zeichen, daß er noch gar nicht schlief... Zum Lachen und zum Weinen! Die Ärztin schrie auf Wolodja ein und verstärkte die Narkose. Nun wirkte sie, und zwar so tief, daß dieser Schlaf schon nicht mehr menschlich war. Die Operation wurde beendet, Wolodjas Bauch war längst zugenäht, aber er wachte nicht wieder auf aus der Narkose! Die Ärztin und die Sanitäter waren aufgeregt. Wolodja lag da wie eine Leiche. Atem und Puls waren überhaupt nicht mehr zu bemerken. Man hatte ihn schon aufgegeben – da öffnete er plötzlich die Augen und lächelte!

Na, das warf alle um! Besonders Großvater Martemjan, denn er hatte Wolodja ins Krankenhaus gebracht. Seine Beine trugen ihn kaum mehr. Es stellte sich heraus, daß Wolodja bereits klinisch tot gewesen war, er hatte zuviel Chloroform eingeatmet. Das war Wolodjas erstes Sterben.

Das zweitemal verlor Wolodja sein Leben um ein Haar, als er in sein achtes Lebensjahr eintrat. Da stauchte es ihn derart zusammen, daß er nur wie durch ein Wunder dem Tod entrann. Es geschah im Sommer, in der allerschönsten Jahreszeit, im Juli. Und wieder ereignete es sich merkwürdigerweise in Jeremejewo. Für Wolodja war das ein Ort, an dem Pech auf ihn wartete. Damals war er bei einer entfernten Verwandten von Großvater Martemjan zu Besuch. Es war eine einsame Uralte, und böse war sie, obwohl sie sehr an Gott glaubte. Martemjan mußte in diesem Sommer in die Stadt Petschora fahren, und da bat er die Alte, für Wolodja zu sorgen. Nur ungern willigte sie ein. Sie liebte keine Kinder, und sie hatte wohl noch nie jemanden geliebt außer ihrem Gott, wie das oft so bei alten Frauen ist. Wolodja war ein stilles Kind, dennoch geriet die Alte seinetwegen ständig außer sich. Was er auch tat – alles mißfiel ihr. Brachte er eine verletzte Saatkrähe heim oder schleppte er eine kleine Schlange an, über alles zerriß sich die Alte das Maul.

Eines Tages war sie fortgegangen. Wolodja saß in der Hütte und schnitzte eine Windmühle. Er saß auf der Bank und schnipselte mit dem scharfen Küchenmesser Span um Span vom Holzscheit. Natürlich gab es auf dem Fußboden ein Durcheinander von den vielen Spänen – aber was war denn schon Schreckliches dabei? Hinterher wurden sie doch gleich aufgefegt!

Wolodja saß nicht draußen, weil es zu regnen begann; und dieser Regen war die Ursache von allem, was geschah. Genauer gesagt, nicht der Regen, sondern das Gewitter... Der Regen hatte die Alte erwischt, sie schwirrte nur so ins Haus, durchnäßt und bereits böse, und geriet gleich in Zorn wegen der Späne auf dem Fußboden. Sie beschimpfte Wolodja so, daß die Welt von dem Getöse leicht hätte auseinanderfallen können! Draußen regnete es immer heftiger, der Donner krachte immer lauter, und die Alte in der Hütte hielt mit! Sie führte sich wie eine Wahnsinnige auf, rasend vor Wut, und zum Schluß schrie sie: »Würde doch Gott dich zu sich in den Himmel nehmen! Alles auf der Welt wäre leichter zu ertragen!«

Das war sogar für Wolodja zuviel. Er sagte, wie zu sich selbst, aber genügend laut, damit die Alte es hören konnte: »Und Sie sollte der Teufel holen!«

Schön war das natürlich nicht – aber verständlich, daß es ihm so etwas herausriß. Die Alte hatte ihn allzusehr gequält. Und nach diesen Worten geschah das Erstaunliche: Wolodja hatte sie kaum ausgesprochen, und die Alte hatte noch keine Zeit gehabt, ihren Mund zu öffnen, um zu antworten – da erschütterte ein furchtbarer Donnerschlag die Hütte! Ein Kugelblitz war ins Zimmer eingedrungen, hatte einen alten Balken aus der Ecke der Hütte gerissen – ohne die Hütte in Brand zu stecken! Es war ein kleiner Kugelblitz, nicht größer als ein Katzenkopf. Die Alte fiel der Länge nach auf die Späne. Wolodja hatte in der Ikonenecke gesessen. Der Blitz betäubte ihn, er verlor die

Besinnung, und im Fallen biß er sich in die Zunge. Als er wieder zu sich kam, schwebte der Blitz noch im Raum. Wolodja sah gebannt auf diesen Blitz und zitterte vor Todesangst. Die Alte lag mit dem Gesicht nach unten auf dem Boden. Der Blitz kreiselte, streifte den Herd, glasierte dessen Rand und flog zum Schornstein hinaus, ohne die Hütte anzuzünden und ohne den Jungen oder die Alte zu erschlagen! Es war einfach unbegreiflich. Aber ein Kugelblitz gehört eben zu den geheimnisvollsten Erscheinungen der Natur. Der Kugelblitz verschonte Wolodja – nur heilte seine Zunge sehr lange nicht. Auch die Alte kam mit dem Schrecken davon, und nach diesem Ereignis wurde sie ein wenig friedlicher. Wolodja ging nie mehr zu ihr.

Von diesen erstaunlichen Begebenheiten, bei denen Alewtina und er selbst vom Hauch des Todes gestreift wurden, träumte Wolodja seltsamerweise in der Hütte, in die er sich verirrt hatte. Er fühlte, daß es für ihn zum drittenmal um Leben oder Tod ging.

Wenn ich diesmal durchkomme, dachte Wolodja am Ende seines Traumes, dann habe ich mit dem Sterben mein Soll erfüllt, dann werde ich ewig leben.

Er schlief lange und tief in der Hütte, den ganzen Tag und die ganze Nacht. Im Morgengrauen stand er dann auf, lutschte an der Brotrinde und ging am Fluß stromabwärts. Nach ungefähr drei Kilometern hörte er plötzlich Gesang. Irgend jemand brüllte ein Lied, sehr weit entfernt: »Maiglöckchen! Maiglöckchen...« Wolodja hielt sich still und reckte den Kopf. Die Stimme kam den Fluß herab. Wolodja wollte ihr schon entgegenlaufen, da verstummte sie.

Ich habe das nur geträumt, dachte Wolodja. Er fühlte sich plötzlich schwach, Schweiß brach ihm aus, er legte sich ins Gras und schaute in den Himmel.

Der Himmel ist so leer wie mein Magen, dachte Wolodja, als er sich wieder besser fühlte. Er sah aufmerksam nach oben. Merkwürdig war diese hellblaue Leere, aber da bewegte sich doch etwas! In der funkelnden Luft blinkte etwas Weißes, kaum sichtbar – da wieder und wieder!

Flügel! dachte Wolodja. Durchsichtige Flügel! Die Himmelsbläue ist also gar nicht leer!

Es war noch früh. Über Wolodja kreisten bereits Mücken, geschäftig wie immer. Wolodja wurde von einer tiefen Gleichgültigkeit ergriffen. Er hatte das Gefühl, mit der Erde zu verschmelzen, mit dem Himmel, mit diesem endlosen Mückentanz.

Er fühlte sich selbst kaum mehr. Weder Hände noch Füße, noch Bauch, nicht einmal den Hunger. Das ziehende Gefühl war verschwunden, auch die Enge in der Brust war fort, als wäre der Himmel in die Brust eingedrungen.

Er fühlte eigentlich nichts Besonderes. So werde ich mich hier auflösen, dachte er, und niemand wird mich finden, weder der Großvater noch Alewtina, noch Iwan.

Da war wieder das Lied. Ganz deutlich! »Maiglöckchen! Maiglöckchen! Heller Maiengruß!« Viel näher als beim erstenmal.

Wieder träume ich ein Lied! dachte Wolodja. Aber der Traum wurde immer lauter: »Maiglöckchen! Maiglöckchen!«

Nein, das war kein Traum.

Und plötzlich begann ein Motor zu arbeiten! Zweimal nieste jemand, und von den Ufern kam ein Echo zurück. Der Motorenlärm erfüllte die Luft, drang bis in Wolodjas Gehirn, in seinen angestrengt lauschenden Körper. Das Gedröhn hallte in jedem Muskel wider. Er sprang auf und blickte der Strömung entgegen. Mitten im Fluß lag eine hohe Insel, gelblichgrün, aus Sand und Wald geschaffen. Sie lief an beiden Enden spitz aus wie ein Schiff. Die Insel teilte den Fluß in zwei ruhige Arme.

Die Sonne hatte sich über den Waldrand erhoben, das Wasser blendete Wolodja. Er bedeckte die Augen mit einer Hand. Hinter der dunklen Inselspitze glitt ein Boot hervor. Das Hämmern des Motors hallte über eine weite Flußstrecke. Ein Mensch saß im Boot. Ein lebender Mensch! Wolodja starrte die schwarze Silhouette an. Der Anblick traf sein Herz. Das war Prokop!

»Onkel Prokop!« schrie Wolodja einige Male, sprang am hohen Ufer herum und winkte mit den Armen. »Ich bin's, Wolodja! Onkel Prokop! Helfen Sie mir!«

Der Mensch im Boot hob den Kopf, ließ aber das Steuer nicht los. Er stellte den Motor ab und stand auf. Ein hellblaues Wölkchen stieg vom Motor in die goldene Luft. Es wurde still. Das Boot kam durch sein Beharrungsvermögen näher an das Ufer heran, an dem Wolodja sich befand. Lautlos durchschnitt es das Wasser und ließ flache Wellen hinter sich.

»Wolodja – oder?« schrie Prokop und sah genauer hin.

»Ja, Onkel Prokop! Ich! Wolodja! Ich habe mich verirrt...«

»Na sowas!« sagte Prokop gedehnt. »Der Sapromat soll dich holen!«

Mit hämmerndem Herzen stürzte Wolodja den Abhang hinunter. Steine und Erde prasselten unter seinen Füßen, überholten ihn und klatschten laut in den Fluß. Wolodja ging ins Wasser, bis es zu tief wurde, und blieb wartend stehen. Er sah Prokop lächeln. Plötzlich bückte sich Prokop, hob einen Strick auf und wickelte ihn rasch um den Anlasser. Dann warf er den Kopf hoch, wobei an seinem roten sehnigen Hals der Adamsapfel hervortrat, sah den im Wasser stehenden Wolodja finster an und sagte heftig: »Geh dorthin, wo dein Vater und deine Mutter sind!« Schreiend fuhr Prokop fort: »Geh nur! Ein Aufgegebener bist du ohnehin! Man hat schon Totenmessen für dich gelesen!«

Prokop lachte schrecklich, wurde krebsrot und riß am Strick. Der Motor heulte auf, das Boot raste los, den Flußarm hinunter, an der Insel vorbei.
Wolodja kroch auf allen vieren den Uferhang hinauf und fiel, mit dem Gesicht nach unten, ins Gras. Das Geräusch des Motors wurde hinter den Windungen des Flusses rasch leiser. Wolodja fühlte und hörte nichts. Dann vernahm er Martemjans Stimme, und er sah sich, zusammen mit dem Großvater und Iwan, in der Hütte am Tisch sitzen.
Der Großvater sieht Wolodja an. »Ich mag dich«, sagt er zärtlich. »Du bist noch klein, aber mir schon sehr ähnlich. Ich liebe deinen kleinen klugen Kopf!«
»*Mir* ist er ähnlich«, widerspricht Iwan. Er faßt Wolodja unter den Armen und hebt ihn hoch. »Ich liebe diese kleinen geschickten Hände! Ich möchte, daß sie einmal den Steuerknüppel halten! Ich möchte, daß Wolodja um die ganze Welt fliegt, wie ein Falke!«
»Ich will auf den Mond!« sagt Wolodja.
»Du wirst auch zum Mond fliegen!« Iwan nickt. »Aber wozu auf den Mond, wenn es interessantere Planeten gibt! Mit wunderbaren Menschen und Tieren und riesenhaften Gräsern!«
»Vergiß nicht, daß du Wolodi-mir heißt, Wladi-mir, das bedeutet Weltherrscher«, sagt Großvater Martemjan. »Du, Wolodja, wirst die Welt beherrschen! Ich liebe dich!« Er umarmt Wolodja, küßt ihn und kitzelt ihn mit seinem lockigen Bart.
Iwan sagt: »Ich liebe ihn, wie er ist.«
»Und ich liebe euch!« beteuert Wolodja mit tränenerstickter Stimme. »Ich liebe euch alle! Und ich will nicht von euch fortgehen!« Wolodja schrie laut, aus dem Schrei wurde ein langgezogenes tierisches Heulen, und das Echo kam aus der Taiga zurück.

Zur selben Zeit saß am Ilytsch Großvater Martemjan in seiner Hütte. Die ganze Nacht hatte er nicht geschlafen, schon in den drei letzten Nächten war aus dem Schlafen nichts geworden. Dabei war Martemjan kerngesund. Niemals im Leben hatte er geraucht, und wenn er an Feiertagen mit Gästen trank, so betrank er sich nie. In den letzten Tagen aber fühlte er sich nicht wohl, und in den Nächten träumte er immer wieder von seinem Enkel Woloditschka. Er träumte, daß Wolodja auf seinen Knien sitzt und ihm etwas erzählt. Vom Jag-Mort, vom Kurgan in der Taiga und vom Menschen ohne Kopf. Aber merkwürdig, dieser Mensch war im Traum nicht der geköpfte Syrjän, sondern sein Sohn Pawel, Wolodjas Vater. Und noch etwas beunruhigte ihn: daß nämlich Wolodja ihm immer nackt erschien – weiß, klein und blaß... Das bedeutete zumindest Krankheit. Martemjan glaubte an Träume. Träume verrieten ihm oft Geheimnisse anderer Menschen und auch solche, die in ihm verschlossen waren.

Das Fenster in der Hütte war klein und quadratisch. Es war ein Fenster mit doppelten Rahmen, und zwischen den Scheiben lag unten ein von beiden Seiten zusammengedrücktes, hohes graues Kissen. Die niedrige Tür, mit Elchfellen gepolstert, war jetzt leicht geöffnet, und ein Sonnenstreifen fiel ins Zimmer. Durch diese goldene Wand, in der Insekten tanzten, blickte Martemjan hinaus. Das gegenüberliegende Ufer des Flusses sah er wie durch einen Nebel. Martemjan saß auf dem Bett. Er schob den von der Decke hängenden schneeweißen Mückenschleier zur Seite. Alles war sehr sauber in der Hütte, als hätte hier eine Frau aufgeräumt, aber das besorgte Martemjan selbst. Auf dem Fußboden lag ein großes Bärenfell. Unter der Decke, an den Wänden entlang, hingen Beutelchen mit Heilkräutern, in der Taiga gesammelt. In einem großen Rahmen unter Glas steckten neue und alte Fotografien: der junge Martemjan mit seiner Frau, Wolodja mit Iwan in langen weißen Hemden bis zu den Fersen, Aufnahmen von Iwan mit seinem Hubschrauber, von Wolodjas verstorbenen Eltern, von irgendeinem märchenhaften Segelboot mit Rettungsring... Außen an der Hütte hing ein neues Bärenfell, weit ausgespannt. Es hing an der Rückseite der Hütte. Die Hütte stand am äußersten Rande des Taigadickichts, halb unter den Wipfeln der Föhren. Mit dem einzigen Fenster blickte die Hütte nach Süden über den Ilytsch, der hier eine scharfe Biegung machte. Die Tür der Hütte aber ging nach Südosten, wo sich Wolodja jetzt befand. Die Sonne beschien in diesem Augenblick auch Wolodja, dort am hohen Ufer eines Ilytsch-Nebenflusses – aber der Großvater ahnte davon nichts. Er saß auf dem Bett, und sein Blick ging über die etwas sumpfige Wiese und über das Geröll an den Fluß, dann weiter auf dem Pfad am jenseitigen Ufer. Die Luft stand, erfüllt von unberührter Stille. Es schwiegen die wenigen Wolken über der Hütte, die Föhren und die Gräser, es schwieg auch der Fluß, der hier in einem tiefen, dunklen Bett dahinfloß. Martemjan wollte aufstehen, um Wasser aufzusetzen – er machte schon eine Bewegung und erstarrte.

Er hörte, wie auf die Hütte zu leichte Füße liefen, und in diesem Augenblick spürte er, daß jemand ganz nah hinter der Wand stand. Abgerissene Atemzüge waren zu hören. Und plötzlich ertönte ein furchtbarer Schrei. Martemjans Blut stockte – er erkannte Wolodjas Stimme. Großvater Martemjan sprang zur Tür und stieß sie auf. Er kannte sich selbst nicht mehr. Draußen war alles leer und still. Er lief schwer atmend um die ganze Hütte – niemand! Und da wurde Großvater alles klar: Irgendwo weit fort, im Dorf oder sonstwo, stand es schlecht um Wolodja. Wolodja rief ihn.

Ohne auch nur eine Minute zu verlieren, begann Martemjan alles zusammenzusuchen, um im Boot ins Dorf zu fahren.

Wolodja aber war aufgestanden und ging in der Richtung weiter, in die Prokop verschwunden war. Der Fluß konnte es an Größe nicht mit dem Ilytsch aufnehmen. Aber wenn Prokop den Fluß entlang fährt, dann mündet dieser bestimmt in den Ilytsch, versicherte Wolodja sich selbst.

Da sah er von weitem ein Fangnetz. Im Fluß lag ein steinerner Riese, so als wäre er rücklings hingefallen und im Fallen zum Felsen geworden. Ein Knie hatte er hochgestellt, es ragte aus dem Fluß; das andere Bein lag am Grund des Wassers; sein Leib aber und der Kopf waren von Wald bewachsen. Irgendwo dort zwischen den Tannen konnte man seine Brust vermuten und die am Ufer ausgebreiteten Arme. Seit Jahrhunderten schliff die Strömung das herausragende Knie und das untergetauchte Schienbein. Bei trübem Wetter oder wenn im Schatten der Baumwipfel der Fluß durchsichtiger wurde, konnte man bei genauem Hinsehen in der grünlichen Wassertiefe die Knöchel und die Füße des Riesen erkennen.

Der Riese lag auf der rechten Uferseite. Von links überflutete ihn der Fluß, und die Strömung schlug an der Schwelle hart auf. Wenn das Wasser dieses Wehr übersprungen hatte, wurde es nach rechts unter den Rücken des Riesen abgelenkt. Dort hatte es am Ufer eine tiefe Grube ausgewaschen. Hier beruhigte sich das Wasser, kreiste langsam und setzte dann seinen Lauf im Flußbett fort.

In dieser Mulde entdeckte Wolodja das Fangnetz. Er erkannte es an den fuchsroten alten Schwimmern aus Birkenrinde und an einem dünnen Pfostenende, das aus dem glatten Wasser ragte. Jemand hatte hier ein Fangnetz für Lachse aufgestellt. Martemjan stellte solche Netze auf, und Wolodja hatte ihm oft dabei geholfen. Aber dies war nicht Martemjans Fangnetz. Der Platz gehörte nicht zu seinem Fanggebiet, der ganze Fluß nicht. Weiß der Himmel, wer hier ein Netz aufgestellt haben mochte!

Über dem Ufer kreiste ein Rabe und hielt nach Beute Ausschau. Schon von weitem hatte Wolodja die Ufer abgesucht, aber keinerlei menschliche Spuren entdeckt – nur diesen Riesen, der da lag, halb untergetaucht. Aber der Riese war längst zu Stein geworden und von Wald überwuchert.
Er ist jetzt einfach ein Felsen, dachte Wolodja. Vielleicht gehört das Netz ihm, ging es dem Jungen durch den Kopf, und er wunderte sich über seinen Einfall. Vielleicht ist auch das Netz versteinert, vielleicht steht da im Fluß ein Netz aus Stein, und in ihm befindet sich ein steinerner Lachs! Das wäre ein Wunder, wie er noch nie eins erlebt hatte! Und auch niemand außer ihm, nicht einmal Martemjan.
Als Wolodja zum Felsen kam, zog er die Überreste seiner Sportschuhe aus, kletterte auf das Bein des Riesen, ging auf ihm entlang bis zum Ende und setzte sich rittlings darauf. Das Knie war von Sonnenstrahlen warm, die Sonne stand hoch über Wolodjas Kopf. Auch das Wasser war angewärmt, es war viel wärmer als in gewöhnlichen Sommern, und es kitzelte ihn an den Fußsohlen. Kürzlich hatte Wolodja bei Martemjan Radio gehört und dabei erfahren, daß in diesem Jahr auch im Norden außerordentliche Hitze herrschte. Sogar im Weißen Meer, hinter dem Polarkreis, hatte sich das Wasser auf zwanzig Grad erwärmt!
Eine merkwürdige Sache, dachte Wolodja, dabei geht es doch auf den Herbst zu, und noch immer diese Hitze! Wolodja sah den Raben am Ufer spazierengehen. Er sah sehr würdevoll aus, wie er, die Brust vorgewölbt, über den Sand stolzierte. Der Kopf mit dem dicken Schnabel nickte im Takt der Schritte. Wolodja kam es vor, als hätte er zwei Arme auf dem Rücken verschränkt und unter dem Trauermantel der hängenden Flügel versteckt. Wo ein Rabe ist, ist meist ein zweiter in der Nähe, überlegte Wolodja. Seine Blicke glitten den Fluß entlang, und

da sah er den zweiten Raben auf einem Stein über dem Wasser sitzen. Finster, groß und alt waren beide Vögel.
Wolodja blickte ins Wasser. Dort hing das braune geflochtene Netz und schwankte; also war es doch nicht aus Stein. Wäre auch zu komisch, wenn ein Netz versteinern würde! Ein Mensch kann versteinern, wie zum Beispiel so ein Ichthyosaurier. Ein Netz aber verrottet einfach mit der Zeit, oder es zerreißt... Na, was für Gedanken kriechen mir da in den Kopf!
Das Netz hing im dunklen Wasser weit durch. Die Schwimmer an der Wasseroberfläche bewegten sich kaum; auch nicht die großen rombenähnlichen Maschen für die großen Fische. Tief unten schimmerte orange bis ockerfarben der sandige Grund. Er war sauber. Hier und da funkelten Muscheln, von denen manche grüne Algenspitzbärte trugen. Und auf dem Sand lagen Rollsteine verschiedener Größe und Farbe, von schwarz bis weiß. Außerdem waren dort unten Säckchen mit Gewichten zu sehen, am Netzrand befestigt. Das Netz schien leer.
Wolodjas Blick suchte das Netz ab bis zu der Stelle, an der es das zweite Knie des Riesen berührte, das vom Flußsand fast zugedeckt war. Das Netz atmete ruhig. Nach rechts am Ufer hinauf zog sich eine glatte Wand. Dort wurden die Maschen des Netzes enger und umfingen strahlenförmig die Höhlung unter der Flanke des Riesen, der so regungslos im Wasser lag. Irgend etwas hatte sich dort im Netz verheddert, etwas Langes, Dunkles. Wolodja sah genauer hin. Das war doch ein Fisch! Ein toller Fisch, der bewegungslos an der Seite des Steinriesen stand, ein Lachs!
Wolodja schluckte. Er hielt sich mit den Händen am steinernen Knie fest, beugte sich vor, blickte hinab, gerade nach unten. Sofort verspürte er ein scharfes Hungergefühl und Lachsgeschmack im Mund. Wieviel Fleisch dort steht! ging es ihm blitzartig durch den Kopf. Der Lachs hatte sich mit dem Schwanz in

den Maschen verhakt und das Netz ein wenig angehoben, wodurch die Falten entstanden waren, die nach allen Seiten strahlenförmig auseinanderliefen.
Könnte ich ihn nur herausholen! wünschte sich Wolodja. Aber wie? Ein Boot muß her. Und auch ein schweres Holzscheit, um den Fisch zu betäuben... Ach! Allein werde ich ja doch nicht mit ihm fertig! Wolodja zitterte am ganzen Körper, seine Blicke sogen sich an dem Fisch fest, dessen Kopf im Schatten verschwand. »Ich muß ihn bekommen«, sagte Wolodja mit dumpfer Stimme. »Einen Stein muß ich nehmen, den Fisch durch Schläge betäuben und ihn töten.« Das Blut begann in seinem Kopf zu hämmern. »Das Wasser ist jetzt warm, ich werde nicht erfrieren!«
Diese siegessicheren Worte hoben seine Stimmung. Er sprang auf, lief auf dem steinernen Bein entlang ans Ufer, sprang auf den Sand, zerrte seine Kleider vom Leib, die Jacke, die Hosen, das Unterzeug, alles in einer Minute. Jetzt stand er auf dem Sand, gespannt wie eine Saite, ein kleiner magerer Junge, an dem die meisten Muskeln noch nicht voll entwickelt waren. Viele kleine Muttermale schimmerten auf seiner Haut wie ein geheimnisvolles Sternbild. Der Körper war weiß. Die kleine Gestalt Wolodjas schimmerte zart vor dem dunklen Wald.
Niemand sah den Jungen, weit und breit war kein Mensch. Nur der Fluß rauschte, die Sonne brannte, und der steinerne Riese lag in tiefem Schlaf, bewachsen vom Wald. Wolodja ging vorsichtig über den Flußsand durch das Wasser. Langsam näherte er sich dem Netz, genau der Stelle, wo der Lachs stand. Ungefähr sechs Meter konnten es bis dahin sein. Lautlos ging Wolodja tiefer ins Wasser, erst bis zum Knie, dann bis zur Gürtellinie. Nun fand er das Wasser kühl. Er blieb für einen Augenblick stehen und preßte eine Hand auf das Herz. Es schlug wild unter den dünnen Rippen.

Der Fluß stieg immer höher. Es war ihm angenehm, diesen kleinen heißen Körper zu umfangen. Gewöhnlich spielten ja nur Fische mit ihm. Er aber war darauf aus, mit Menschen zu spielen. Mit Millionen Augen sah der Fluß Wolodja an, Wolodja spürte das. Und er wußte: Wer das Spiel mit dem Fluß nicht durchhält, der ertrinkt. Für den Fluß ist es gleichgültig, wenn ein Mensch ertrinkt, er wird weiterspielen mit dem Ertrunkenen.

»Jetzt habe ich keine Zeit, mit dir zu spielen«, flüsterte Wolodja. »Ich habe etwas vor. Hilf mir lieber!« In seinem Herzen regten sich Zweifel, ob er das Abenteuer bestehen würde, aber er verscheuchte sie. Er mußte siegen! Wieder dachte er an das Fleisch des Lachses. Der Fluß drückte gegen Wolodjas leeren Magen. Seine Achseln schmerzten.

Der Junge ging bis an die Brust ins Wasser, schnellte sich ab und schwamm zu den Schwimmern auf der spiegelglatten Wasseroberfläche.

Wolodja schwamm gut – schnell, leicht und lautlos. Und ebenso lautlos konnte er tauchen und lange unter Wasser bleiben. Nicht schlechter als sein Bruder schwamm und tauchte er, und Iwan war am ganzen Ilytsch der beste Taucher. Schon lange hatte Iwan vorausgesagt, daß Wolodja eines Tages ein guter Taucher sein würde, denn er hatte einen breiten Brustkorb und weite Lungen.

»Du wirst unter Wasser atmen wie mit Kiemen!« hatte Iwan zu ihm gesagt. »Wie ein Fisch wirst du atmen!« Und wahrhaftig, Wolodja atmete nun wie ein Fisch. Unter Wasser befand er sich in einer von sanften Strahlen erfüllten Welt. Geschickt und ruhig arbeiteten seine Beine und die linke Hand. Die rechte half nur wenig, mit ihr hielt er einen Stein umklammert. Der Stein störte, aber er war ein Gewicht beim Tauchen. Wolodja suchte die Netzwand ab, tauchte an ihr entlang, bis er den Fisch erreichte, der dunkel im gelblichen Dämmer stand. Der Junge machte eine leichte Wendung und ging den Lachs von der Seite an. Gierig blickten seine weit aufgerissenen Augen auf den Fisch. Der Fisch war groß, im Wasser wirkte er riesig. Es war ein alter Fisch mit großem Rachen, der Unterkiefer war nach oben gebogen, die Nase höckrig wie die einer Wasserhexe. Ein Lachs, vom Laichgeschäft erschöpft, ein Fisch mit Hängebauch – Kelt nennt man so einen Lachs. Gut, daß es ein Kelt ist, dachte Wolodja und schwamm um den Lachs herum, ein alter Kerl kann nicht sehr stark sein.

Auch der Fisch beobachtete Wolodja mit aufgerissenen Augen. Fische blicken immer so. Besser gesagt, sie schauen mit den ganzen Augen, nicht mit aufgerissenen. Und so blickte dieser Lachs auf Wolodja: aus vollem Auge, gleichgültig das Maul geöffnet und die Kiemen faul bewegend. Der Schwanz hatte sich im Netz verstrickt und dabei ein paar Maschen zerrissen. Der Fisch stand beinah am Grund der Grube, er hob mit seinem Schwanz die schlammbedeckten Gewichte des Netzes. Der Lachs litt schwer.

»Er regt sich nicht ein bißchen auf«, flüsterte Wolodja sich zu. Aus seinem Mund quollen Blasen des zusammengepreßten Atems und strebten rasch zur Sonne empor. Er denkt, ich bin ein Fisch... denk nur, denk nur! Und ich bin ja auch ein Fisch, kein schlechterer Fisch als du!

Der erfahrene alte Lachs sah Wolodja gleichgültig an. Er war sehr müde. Für ihn war etwas anderes wichtiger als der Junge. Der Lachs träumte davon, sich ins Meer treiben zu lassen und nach Möglichkeit Stromschnellen zu umgehen. Dort, im salzigen Meerwasser, würde er sich erholen, ausruhen, erstarken wie in einem Kurort, und die einstige Schönheit und die Gesundheit würden zu ihm zurückkehren. Der häßliche Unterkiefer würde verschwinden, der Lachs würde sein Maul wieder schließen und Beute jagen können. Jetzt war der Lachs hungrig, ebenso hungrig wie Wolodja, denn auch der Lachs hatte lange nichts mehr zu sich genommen. Der gebogene Unterkiefer mit den ekelhaften Geschwüren machte eine Nahrungsaufnahme und das Kauen unmöglich. Der Lachs war sehr krank. Die Kiefer schmerzten, die Kiemen, der Rücken, der ganze Leib schmerzten nach der Lachshochzeit im Oberlauf des Flusses, wo das Wasser klar, durchsichtig dahinströmte in einem sauberen, von Menschen noch nicht besudelten Flußbett.

Für den Lachs war Wolodja ein seltsamer Fisch. Grellrosa und ohne Schuppen! Mit gelben Wasserpflanzen auf dem Kopf! Mit einem zweigeteilten Schwanz! Na, mag er weiterschwimmen! Mich geht er nichts an... Obwohl der Lachs alt und erfahren war, hatte er doch noch nie einen nackten Menschen aus der Nähe gesehen. Denn so weit im Norden taucht sehr selten einer, weil das nordische Wasser eisig ist und sich niemand lange in ihm aufhalten kann. Wolodja hatte ganz einfach Glück, einen so heißen Sommer zu erwischen, der das Wasser in den Flüssen außergewöhnlich erwärmte. Dafür aber ging es dem Lachs nicht gut, er litt unter der Wärme.

Und wieder träumte er vom Meer! Vom Ozean, vom herrlichen, blauen Eismeer! Dort wandern ganze Scharen genesender Lachse. Sie schlucken das wohlschmeckende salzig bittere Wasser und heilende Wasserpflanzen. Dort weiden die Lachse auf nur ihnen bekannten Unterwasserweiden. Einige Generationen von Lachsen ziehen dort, auch junge dumme Lachse, die noch nicht wissen, was es heißt, Rogen auszustoßen.

Gleich wird der Kelt sich ein wenig erholt haben und nochmals versuchen, sich zu befreien aus dieser verfluchten Kralle, die ihn am Schwanz festhält. Gelingt es ihm, wird er ruhig und zufrieden dahinschwimmen, ein Einzelgänger. Das Wasser wird ihn tragen und wiegen, mal schneller, mal langsamer. Erst

im vertrauten Fluß, dann durch die windungsreiche Petschora hinein in das grenzenlose, zauberhafte Nördliche Eismeer.
Auch Wolodja war dabei, sich zu erholen. Er lag an der Wasseroberfläche und sah in den Himmel hinauf. Er sammelte seine Kräfte vor dem tödlichen Zweikampf, von dem der Fisch noch nichts ahnte. Gleich wird sich Wolodja, seinen Vorteil nutzend, auf den Fisch stürzen. Urplötzlich wird er wie ein Wirbelwind über den Kelt herfallen. Und er wird siegen.
Der Kelt döste, als das große rötliche Etwas über ihn herfiel, ihn am Kiefer packte und ihm mit einem Schlag den Kopf betäubte. Für einen Augenblick war der Kelt besinnungslos. Er kam gleich wieder zu sich, obwohl ihn ein zweiter Schlag am Kopf traf. Nun war er wach, verwundert, erbost – ein Traum zerstob. Mit einem Ruck warf er sich zur Seite, sein Schwanz riß sich aus dem Netz los, er preßte sich auf den Grund und versuchte, dies schreckliche rosa Ungetüm von seinem Rücken abzuschütteln. Aber es hämmerte mit etwas Hartem auf seinen Kopf ein, hielt sich dabei am linken Kiemen eisern fest und verursachte dem Kelt furchtbare Schmerzen.
Diese brennenden Schmerzen gaben ihm plötzlich seine Kraft wieder. Der Kelt traf Wolodja mit dem Schwanz und schleuderte ihn gegen die Steinhüfte des Riesen. Wolodjas Kopf schlug hart auf, vor seinen Augen schwammen grüne und rote Kreise. Auch den Fisch sah er irgendwohin zur Sonne schwimmen. Das Wasser färbte sich rot; das war Wolodjas Blut.
»Na, warte!« flüsterte Wolodja mit blauen Lippen, und sofort schoß ihm Wasser in die Lungen. Er verschluckte sich, spuckte aus, ließ aber die rauhen Kiemen des Fisches nicht los. Er hielt sich fest und schlug dem Fisch wieder über den Kopf. Da begann auch der Lachs zu bluten. Mit dem scharfkantigen Stein hatte ihm der Junge den Schädel eingeschlagen. Der Fisch zuckte, kehrte sich langsam mit dem Bauch noch oben und

trieb zusammen mit Wolodja ans Ufer. Wolodjas Kopf brannte, als habe ihm jemand einen Nagel in die Schläfe geschlagen. Er ließ den Stein fallen. Aber immer noch hielt er den Fisch fest, immer noch saß die linke Hand an den Kiemen. Der Junge hielt den Fisch in starrem Griff – wie ein Toter. Und ein Toter war er nun fast.

Im rötlich trüben Wasser schwammen sie beide, der Junge und der Fisch. Als Wolodja Boden unter den Füßen spürte, stand er auf, griff auch mit der rechten Hand in die Kiemen und schleppte den Lachs schwankend ans Ufer. Dort klatschten sie in den Sand, der Fisch mit dem Kopf, Wolodja mit dem ganzen Körper, und so blieben sie liegen. Lange lag Wolodja mit geschlossenen Augen, regungslos, dachte nichts, träumte nichts, fühlte nichts. Das Blut gerann langsam, sickerte nur noch spärlich unter den nassen, dunkel gewordenen Haaren hervor und tropfte von den Muttermalen auf der Wange in den Sand. Wolodja ahnte nicht, daß ihn vom Ufer her zwei Raben beobachteten. Sie standen nebeneinander, hatten vor Aufregung die Schnäbel geöffnet, legten ihren Kopf bald auf die eine, bald auf die andere Seite und horchten. Schläft dieser Mensch über dem Fisch? Oder was ist mit ihm? Ihre scharfen schwarzen Blicke bohrten sich in den Lachs.

Als Wolodja zu sich kam, lag der Lachs neben ihm. Er hatte seinen häßlichen Rachen geöffnet. Die rostfarbenen Zähne waren raubgierig gegen ihn gebleckt. Wolodja strich dem Fisch zärtlich über den schlaffen Bauch. Der Kelt schlief nun tief und starrte mit runden Augen in eine Ewigkeit aus Ozean und Himmel.

Wolodja hob den Kopf. Er preßte seine Lippen an die Rückenflosse und riß sie mit den Zähnen aus dem Fischkörper. Dann aß er lange vom süßen gelben Fleisch des Kelts. Er zerriß es mit den Händen und verschluckte sich beim Hinunterwürgen, bis er endlich satt war. Er kroch ans Wasser und trank, auf dem Bauch liegend. In diesem Augenblick fühlte er sich sehr zufrieden. Er kam sich wie ein Riese vor.

Plötzlich überkam ihn große Lust zu schlafen. Zuerst aber mußte der Fisch versteckt werden. Da noch so viel von ihm übriggeblieben war, mußte er auf jeden Fall versteckt werden!

Wolodja riß, gleich hier am Waldrand, Farnkräuter ab, wikkelte den Fisch in die zart gefiederten Blätter und legte ihn als Vorrat unter die Büsche am Uferrand. Sie empfingen den Lachs behutsam und verbargen ihn zwischen ihren Wurzeln. Dies alles tat Wolodja schon im Halbschlaf und schwankend. Dann legte er sich in den Schatten, deckte sich mit der Hose und Jacke zu und schlief ein.

Es war sehr heiß, Wolodja war in Schweiß gebadet – von der Hitze und aus Schwäche. Sofort klebten an ihm Mücken in Massen und begannen ihrerseits ein fröhliches Gelage, aber Wolodja fühlte ihre Bisse nicht mehr.

Der Riese kam nachts, als Wolodja immer noch fest schlief, und er setzte sich neben ihn, wobei er den Sternenhimmel verdeckte. Von dieser Dunkelheit erwachte Wolodja. Richtiger gesagt, er erwachte vom Schatten vor den Sternen. Sehen konnte er, aber alles war verschwommen. Der Riese sah mit leeren steinernen Augen auf Wolodja nieder. »Na, was siehst du mich so an?« fragte Wolodja. »Bist du mir böse?«

»Ein wenig, ja«, sagte der Riese.

»Wegen des Fisches?« fragte Wolodja. Er wollte sich die Augen reiben, fürchtete aber, daß der Riese dann verschwinden könnte.

»Einem anderen hätte ich das nicht durchgehen lassen«, sagte der Riese streng. »Dir verzeih ich es! Du bist noch klein. Und hast einen so tollen Fisch besiegt! Allerhand!«

»Ich bin nicht klein«, widersprach Wolodja.
»Na, mit mir kannst du dich wohl kaum vergleichen!« sagte der Riese belustigt.
»Mit dir natürlich nicht«, stimmte Wolodja zu. »Aber wieso bist du denn böse? Du bist doch längst tot! Wozu brauchst du den Lachs?«
»Ich bin nicht tot, ich habe nur geschlafen!« verbesserte der Riese den Jungen. »Ich schlief einen steinernen Schlaf! Jetzt, da ich wach bin, wollte ich ein wenig zu Abend essen. Und nun ist kein Lachs mehr da.« Er lachte. »Das war eine Überraschung für mich.«
»Aber so nimm doch und iß!« sagte Wolodja aufgeregt. »Es ist noch eine Menge übrig! Unter dem kleinen Strauch! Dort hab ich den Lachs versteckt! Da, da ist er!«
»Danke.« Der Riese nickte. »Ich nehme mir ein Stück und geh dann heim zu mir.«
»Iß doch hier!« lud ihn Wolodja ein.
»Nein, danke, ich geh nach Hause. Ich esse gern allein. Im Dikkicht. Dort kann ich auch ungestört aufstoßen. Ich geniere mich, wenn mich jemand beim Essen ansieht.«
»Und warum schläfst du so, mit den Beinen im Wasser?« fragte Wolodja.
»Ich muß im Schlaf in den Fluß gerutscht sein«, erklärte der Riese und lächelte. »Bei dieser Hitze aber gar nicht schlecht; es schläft sich kühler so.«
»Und wie heißt du? Doch nicht etwa Jag-Mort?«
»Woher weißt du das?« fragte der Riese verwundert. »Ich dachte, daß niemand mehr meinen Namen weiß.«
»Großvater Martemjan hat mir von dir erzählt«, flüsterte Wolodja. Er hatte plötzlich Angst.
»Was ist denn? Denkst du vielleicht an den Kopf? Ja?« Der Riese lächelte finster. »Gib es zu!«

»Ja, an den Kopf«, sagte Wolodja leise.
»Alles Unsinn! Ich hab keinem den Kopf abgeschlagen! Nur meine Neider behaupten das.«
»Aber warum gab es hier ein Dorf, das Mort-Jur hieß? Menschenkopf? Und der Fluß heißt jetzt noch so. Warum?« Vom Kurgan sagte Wolodja nichts.
»Woher soll ich das wissen?« sagte der Riese. »Und wie heißt du?«
»Wolodja.«
»Beherrscher der Welt. Na also! Du wirst die Welt beherrschen.«
»Ich habe mich verirrt.«
»Das liegt nur am Waldbrand, er hat dich verwirrt«, sagte der Riese entschuldigend. »Während der Nacht, als der Wald brannte, bist du über den Ilytsch geschwommen, und jetzt bist du am Fluß Itsched-Ljaga. Geh jetzt flußabwärts, und wenn du an den Ilytsch kommst, wende dich rechts und marschiere am Ilytsch entlang. Das Feuer ist erloschen. Du brauchst dann nicht mehr lange zu gehen und kommst an die Hütte.«
Itsched-Ljaga, dachte Wolodja, natürlich doch! Er kannte diesen Fluß, er hatte schon mehrmals seine Mündung gesehen, nur stromaufwärts war er noch nie gewesen.
»Ist das wahr?« fragte Wolodja. »Du schwindelst mich nicht an?«
»Warum sollte ich dich täuschen?«
»Danke!«
»Nichts zu danken, Woloditschka! Ich sage dir danke! Für den Lachs. Ich nehme mir ein Stück... Leb wohl!« Er erhob sich, riesig und steingrau. Er raschelte unter dem Strauch herum, riß sich die Hälfte des Fisches ab und ging. Die Erde erbebte unter seinem Schritt, ein dumpfes Echo antwortete, sogar der Himmel zitterte, und plötzlich barst der Himmel, und im Riß

flammte ein Blitz. Donner grollte, und dann ergoß sich aus dem geborstenen Himmel ein Regenstrom – der erste Regen in diesem ganzen Sommer!
Woher nur die Wolke kam? dachte Wolodja, der aufgesprungen war. Er lief zu den Tannen, die eng aneinandergerückt am Waldrand standen. Sie waren nicht hoch, aber dicht, die untersten Zweige hingen fast bis auf die Erde herab. Wolodja kroch unter sie wie unter ein Dach und kauerte sich nieder. Hier war es trocken.
Wolodja hörte, wie der Boden unter den Schritten des Riesen widerhallte. Der hat die ganze Erde erschüttert! dachte er. Die ganze Erde und sogar den Himmel! Die zottigen Tatzen der Tannen hoben sich scharf vom fahlen Gelb der Blitze ab. Der Regen rauschte, der Donner betäubte Wolodja. Aber das Echo des Gewitters, das Aufflammen der Blitze und der Regenguß zogen rasch in die Taiga ab und verstummten dort. Ringsum war es pechschwarz. Man konnte die Hand nicht vor den Augen sehen, aber Wolodja war nun zufrieden. Ihm war es recht, daß er dem Riesen zu essen geben konnte. Dafür hatte ihm der Riese den Weg erklärt. Nicht zufällig war auch Prokop in diese Richtung gefahren! Auch er wollte zum Ilytsch! Jetzt brauchte Wolodja nicht zu sterben! Prokop sollte sich nicht zu früh freuen! So ein übler Bursche! Schade, daß er Alewtinas Vater ist! Na, macht nichts. Wolodja wird groß werden, Alewtina zu sich holen, und dann werden sie zusammen mit dem Großvater in der Hütte leben.
Große kalte Tropfen drangen durch das dichte Gezweig der Tannen, fielen ihm hin und wieder auf den Kopf, ins Gesicht, auf die Hände, unsichtbar und kalt.
Die Dunkelheit dieser Welt war dicht und schwer. Wolodja spürte sie mit seinem Körper, wie man eine Decke spürt. Und auch die Stille. In dieser Stille waren nur die Tropfen zu hören,

wenn sie durch die Tannennadeln rieselten. In der Ferne war auch der Fluß verstummt. Wolodja rollte sich zu einem Knäuel zusammen, legte den Kopf auf einen Arm und schlief wieder ein.

Die Nacht stand über dem Ilytsch und seinen Nebenflüssen, über der Taiga, über Steinen, Sand und Sümpfen. Die Nacht stand über dem Ural. Die Bären schliefen, es schliefen die Ameisen und sogar die Große Ameise, von der alle Ameisen annahmen, daß sie niemals schliefe; es schlief auch das Häschen mit Wolodjas Verband um den Bauch; die Äschen und Lachse schliefen, alle Tiere, Vögel, Fische; selbst die Stromschnellen, die nie richtig schlafen können, schlummerten. Sterne und Mond schliefen fest, von Wolken zugedeckt. Sogar der Regen schlief ein, er sang sich selbst in den Schlaf. Aber Großvater Martemjan schlief nicht. Und auch Prokop schlief nicht. Großvater Martemjan näherte sich in seinem Boot dem Dorf. Gleichmäßig arbeitete der Motor, das Rattern vermischte sich mit dem Rauschen des Regens auf dem Wasser und dem Rauschen des Flusses, der verschlafen an die Steine prallte. Vorsichtig umfuhr Martemjan die Klippen, er steuerte aufmerksam und sah scharf nach vorn. Er dachte an Wolodja und beeilte sich.

Prokop lag in seinem Haus wach. Heimgekehrt vom Fluß, hatte er vor den Nachbarn angegeben und sich betrunken. Jetzt konnte er nicht einschlafen. Angezogen, mit schmutzigen Stiefeln an den Füßen lag er auf seinem höckrigen Sofa und warf sich von einer Seite auf die andere. Im breiten Ehebett, unter einem weißen Baldachin schnaufte Alewtina leise im Schlaf. Ihre rotblonden Zöpfe lagen ausgebreitet auf dem Kissen. Aber Prokop dachte nicht an Alewtina. Er horchte auf die Regentropfen vor dem Fenster und dachte an Wolodja. Er

dachte verschwommen an ihn, denn sein zerrüttetes Hirn war nicht mehr imstande, klar zu denken. Wie im Nebel sah er die kleine Gestalt Wolodjas, den Sohn seiner Feinde, am steilen Ufer des Itsched-Ljaga stehen. Prokop lächelte bösartig.
Er dachte, daß dort derselbe Regen fiel wie über dem ganzen Ilytsch. Die Zeit des Regens und der Kälte war angebrochen. Die weißen Fliegen, die Schneeflocken, würden nun kommen. Das konnte Wolodja dort am Fluß nie überleben. Der Tag, an dem man den blaugefrorenen Körper ins Dorf bringen würde, war nicht mehr fern; vielleicht würde man ihn aber auch niemals bringen, weil sich Tiere des Toten annahmen...
So verging die Nacht. Gegen Morgen wurde der Regen still, ein Wind trieb für kurze Zeit die Wolken auseinander, aber Wolkenfetzen blieben. Wolodja erwachte in einer feuchten, kühlen Welt. Nur unter den Tannen, wo er lag, war es trocken und ein wenig rauh – das kam von der Unterlage aus Tannennadeln.
Draußen funkelten – Wolodja sah es durch die gespreizten Tatzen der Tannen – auf den leicht gebeugten Gräsern schwere Tropfen wie ein Halsschmuck und spiegelten tausendfach die Sonne wider. Der Himmel war reingewaschen, das glutheiße Blau war über Nacht zusammen mit den Wolken fortgespült, und die Sonne war blaß und kühl. In der Ferne murmelte der Fluß, störte aber die Stille nicht, und in dieser Stille hörte Wolodja plötzlich ein Knurren. Es war sein eigener Bauch, der da knurrte wie ein Echo des nächtlichen Gewitters. Er drehte sich um, da gab es in seinem Bauch einen Stich, als hätte ihn eine Fischgräte gepiekst. Wolodja kroch unter der Tanne hervor und stand auf. Er stand im nassen Gras und sah in die Runde.
Alles war genau so wie gestern: das sandige Ufer, die funkelnde Wasseroberfläche mit den Schwimmern, der Riese. Er lag am selben Platz, die Beine im Wasser, das linke Knie hochgestellt

und aus dem Wasser ragend. Er lag so nah am Netz, als ob er es bewachen wollte. War er nun in der Nacht gekommen oder nicht? War am Ende alles nur geträumt? Aber wie war es dann mit dem Weg zum Ilytsch?

Na, den Weg können wir ja überprüfen! entschied Wolodja. Und den Lachs wollen wir uns auch ansehen! Er muß dort liegen, wenn *er* ihn nicht mitgenommen hat.

Rasch lief Wolodja zum Weidengebüsch am Uferrand, er schob die Zweige auseinander; der Lachs war fort. Auf den nackten Wurzeln, im zerwühlten Sand, lagen nur die verwelkenden Farnblätter. Was ist das? dachte Wolodja verwirrt. Sollte das wirklich *er* gewesen sein?

Wolodja kroch unter den Büschen herum, untersuchte den zerwühlten nassen Sand. Er sah Spuren – aber wessen Spuren es auch sein mochten, die des Riesen waren es jedenfalls nicht. Diese Spuren waren so, als ob jemand die Oberfläche des nassen Sandes zerstochen hätte. Lange untersuchte Wolodja die sonderbaren kleinen Löcher, die irgendwohin seitwärts fortliefen, immer auf diesem von Regentropfen narbigen Sand. Zwischen den Spuren sah man genau, wie schwer jemand am Fisch gezerrt hatte; und dann verschwanden plötzlich diese gestochenen Spuren und ebenso die Schleifspuren.

Ein neues Rätsel!

Wolodja suchte mit den Augen den Himmel ab, dann den Waldrand links von der Brust des Riesen – und da entdeckte er die Räuber. Die zwei Raben waren es, kaum erkennbar vor dem schwarzen Schattenhintergrund! Sie fraßen sich toll und voll an seinem Lachs dort unten! Wolodja schrie auf und lief wutentbrannt los, fuchtelte mit den Fäusten und schrie die Raben an.

Als er näher kam, erhoben sich die Raben unwillig und schwer in die Luft. Wolodja stand vor seinem Fisch, vielmehr vor dem,

was von ihm noch da war. Er hob den Rest des Fisches auf und wandte sich zum Gehen. Da hörte er hinter sich Flügelschlagen. Flügel trafen ihn am Kopf und an den Schultern. Und plötzlich fühlte er einen scharfen Schmerz in seiner Kopfwunde. Er ließ den Fisch fallen und versuchte den Angriff abzuwehren. Der eine Rabe schlug ihm die Flügel ins Gesicht und versuchte, ihm die Augen auszuhacken. Der andere hatte sich mit seinen scharfen Krallen in Wolodjas Schulter gekrallt und schlug mit dem Schnabel in die Kopfwunde. Wolodja bedeckte die Augen mit den Händen und lief. Mit Mühe erreichte er den Fluß und rannte laut schreiend ins Wasser. Die Raben saßen flügelschlagend auf seinem Kopf. Wolodja tauchte. Endlich ließen die Raubvögel von ihm ab.

Als er außer Atem auftauchte, sah er seine beiden Feinde langsam davonfliegen, stromaufwärts, in den Krallen große Stücke vom Lachs. Zerschlagen ging Wolodja ans Ufer.

Unter den nassen Haaren rieselte wieder Blut hervor. Die Raben hatten die Kopfwunde aufgehackt, aber Wolodja fühlte keinen Schmerz. Mögen sie fressen! dachte er fast gleichgültig. Mögen sie an meinem Lachs ersticken!

Der gestrige Kampf mit dem Fisch hatte ihn erschöpft, und nun kamen diese Raben noch hinzu. Sein Bauch rebellierte, aber Wolodja wußte, daß er jetzt unverzüglich weitergehen mußte. Er schritt auf einem nassen glitschigen Pfad stromabwärts. Trübe Pfützen lagen im Weg. Der Himmel mit den zerfetzten Wolken sah ebenfalls aus wie eine Ansammlung von Pfützen. Auch der Fluß war trüb geworden. Er schleppte sich zwischen den nassen Ufern gelb dahin, mit Gischtflocken übersät.

Der kurze heftige Regen, der erste seit Sommerbeginn, war zugleich auch der erste Herbstregen und Vorbote des Winters. Nichts Gutes war in diesem Regen! Solch ein starker Regen hätte im Sommer fallen sollen! In der Hitze! Dann hätte er dem

Gras, den Tieren und auch den Menschen genützt! Dieser Regen aber nützte keinem! Wie ein böser Mensch war er: nur sich selbst zur Freude, für andere ein Unglück. In seinem Feiern war nichts als Wut. Schadenfreude. Wie bei Prokop, wenn der irgendeine Gemeinheit begangen hatte. Wie konnte Prokop ihn in der Taiga alleinlassen? dachte Wolodja. Auch wenn er ihn nicht mochte! Einen Verirrten läßt man doch nicht im Stich!

Und da erinnerte sich Wolodja wieder seiner Eltern...

Das Gewölk jagte davon, nachdem es den Regen ausgeschüttet hatte, und ließ den Vorgeschmack von Schnee zurück. Die Sonne leuchtete grell, aber nun viel kühler. Die Sonne sah jetzt wie eine ungeheure Zitrone aus. Der Himmel war nur in den Wolkenrissen zu sehen. Er hatte seine klingende Helligkeit verloren. Ringsum stand eine trübe Luft. Wolodja war auf eine kahle Felsklippe geklettert, um sich umzusehen. Über dem Rand der Taiga und über den blauen Konturen der Berge hing die Luft dick und rauchig.

Ein schlechtes Zeichen! Dort, hinter dem Horizont, hielten Winterwolken den Atem an, bereit, über den Ural zu steigen, ihn einzudecken, in Wasser zu ertränken, mit Schnee zu überschütten und in Eis zu schmieden. Sie warteten nur auf das Zeichen, das bald, ja unverzüglich, kommen mußte. Auch Wolodja wartete auf das Zeichen. Und es kam! Gegen Abend wuchs hinter dem zerklüfteten Vorgebirge des Ural, in seiner ganzen Länge von einem Ende bis zum anderen, eine grau-gelb gestreifte Wand.

Diese Wand, die den Winter ankündigte, wurde überall erwartet und beobachtet. Großvater Martemjan sah sie; er stand neben seinem Boot am Ufer des Ilytsch, wo er Wolodja suchte. Mit Sorge sah Alewtina die Wolkenwand; sie saß auf ihrem und Wolodjas Lieblingsplatz über dem Steilhang. Iwan musterte

diese tückische Wand, er machte seinen Hubschrauber auf dem Flugplatz von Troitzki-Petschersk startklar, um Wolodja zu suchen. Er ließ sich durch die Warnungen nicht abhalten – die Wetterprognose war sehr schlecht. Alle sahen auf diese Wolkenwand und waren des verirrten Jungen wegen in großer Sorge. Auch der Chef der Milizabteilung in Jeremejewo mit seinen Männern. Und natürlich sorgten sich auch die Dorfbewohner, wo sie sich gerade befanden, die alten Frauen vor dem Haus, die Männer in der Taiga oder am Fluß, und sogar die Kinder sorgten sich – alle außer einem. Wer der Mensch war, von dem ich rede, das wißt ihr. Dieser *eine* Mensch sah sich die eisige Wolkenwand voller Freude an, er dachte mit wildem Rachegefühl an sein Zusammentreffen mit Wolodja, das er allen verschwiegen hatte.
Auch Wolodja beobachtete die graue-gelbe Wand und wußte, daß sich dort das schlechte Wetter zusammenbraute. Wolodja wußte als einziger von allen Menschen, daß er noch lebte, daß er überleben wollte und daß er um sein Leben kämpfen mußte. Alle anderen fürchteten, daß er bereits tot sein könnte. Sogar Großvater Martemjan hielt das für möglich, obwohl er sich über seine Gedanken jetzt keine Rechenschaft gab. Entsetzen schlich sich in sein altes, starkes Herz. Zu spät hatten sie sich aufgemacht, Wolodja zu suchen! Der Großvater hatte doch nichts davon geahnt, daß Wolodja unterwegs zu ihm war. Iwan hatte angenommen, daß Wolodja beim Großvater sei. Zu spät entdeckte man die Wahrheit, viel zu spät!
Natürlich wurden sofort, nachdem Martemjan seine Befürchtungen geäußert hatte, Suchaktionen unternommen. Das ganze Dorf ging am nächsten Tag hinaus in die Taiga – bei Regen und Kälte. Aber niemand wußte, in welcher Richtung der Junge gegangen war! Und war er überhaupt gegangen? Man fragte die Kinder: Hatten sie vielleicht mit Wolodja geba-

det? Niemand wußte etwas, nicht einmal Alewtina. Prokop aber schwieg wie ein Stein und ging angetrunken mit allen anderen in die Taiga hinaus; tat, als suchte er, kam nur anderen zwischen die Beine und dachte sich was.

Die beängstigende Wand am Himmel wuchs. Wolodja, der am Ufer des Itsched-Ljaga dahinschritt und dem Ilytsch immer näher kam, warf immer wieder einen Blick auf die unheimliche, wachsende Wand. Mitten durch den Himmel, von Norden nach Westen, zog sich der kalte Wolkenstreifen, der die Sonnenstrahlen mehr und mehr abwürgte. In die kraftlose, zitronengelbe Sonne konnte man jetzt ruhig blicken. Sie war nicht einmal mehr rund. Die Wand wuchs weiter. Die Sonne schoß durch einen Wolkenspalt einen blendend fahlen Strahl, der sofort erlosch, erstickt von einem undurchdringlichen Wolkenballen. All das verhieß nichts Gutes für einen in der Taiga verirrten Menschen, und falls der Regen Frost hinter sich herzog, bedeutete es den schnellen Tod.

Von einem Tod in der Taiga wird wenig Aufhebens gemacht, sagte sich Wolodja, und dabei erinnerte er sich an ein namenloses Skelett unter einem Stein. Dieses Skelett hatten er und sein Bruder entdeckt, als sie über dem Todestal, am Oberlauf des Flusses Chabi-Ju, jenseits des Ural, im Hubschrauber flogen. Das Skelett saß im Moos, den Rücken an den riesigen Stein gelehnt, wie in einem Sessel. Es war ein vom Regen saubergewaschenes, weißes, menschliches Skelett. Auf den Knien hielt es seinen eigenen Kopf. Der Tote wollte sich wohl aus der eigenen Schädeldecke wahrsagen, wie lange er hier noch so sitzen mußte. Iwan flog einige Male niedrig darüber hinweg, um ihn sich genau anzusehen.

»Ich muß jetzt rascher gehen!« ermunterte sich Wolodja. Aber er grübelte weiter: Sonderbar ist das Menschenleben! Mein Leben, des Großvaters Leben, Iwans und Alewtinas Leben und überhaupt jedes Leben. Nähme man alle Menschen zusammen, alle, die früher gelebt haben, alle, die heute leben und auch die, die morgen leben werden, was ergäbe das für eine Menschenmenge! Das ganze Weltall könnte man mit ihnen füllen! Nein, für das Weltall wären es doch nicht genügend Menschen! – Wolodja schüttelte den Kopf. Denn das Weltall ist endlos groß; aber für den Mond könnte es genügen und für alle Planeten wohl auch.

Am Himmel erschien der Mond. In seinem Umkreis gab es keine Sterne, weil er sie mit seinem milchigen Glanz verdeckte. Weiter entfernt von ihm flimmerten, brannten und funkelten zahllose Sterne, und sie alle zwinkerten Wolodja zu.

»Wenn alle Kinder der ganzen Erde...« An dieses Lied erinnerte sich Wolodja plötzlich, er hatte es oft im Radio beim Großvater gehört. Wenn alle Menschen, die einmal gelebt haben, jetzt leben und einmal leben werden, für immer zusammen auf der Welt bleiben könnten – vielleicht wäre dann alles besser? Wer weiß! Eines wäre auf jeden Fall gut: Es gäbe ein für allemal Klarheit! Dann wäre kein Sterben mehr nötig und auch keine Geburt. Warum gibt es soviel Ungutes, soviel Gemeinheit unter den Menschen? So viele Kriege, Gefängnisse, Konzentrationslager? Weil die Menschen, die gelernt haben, Vernunft walten zu lassen, sterben müssen. Und dann nehmen sie ihre Weisheit mit ins Grab. Nun ja, dies und jenes hinterlassen sie – in Büchern, zum Beispiel. Aber Bücher zerreißen oder werden von irgendwelchen Dummköpfen verbrannt, und Dummköpfe werden immer wieder geboren. Wieviel menschliche Weisheit verging in Staub und Feuer! Da kommen wir zu Milliarden und Abermilliarden auf diese kleine Welt, um wenigstens etwas der übriggebliebenen Weisheit in uns aufzunehmen, um ein klein wenig Glück zu kosten, aber auch um ein Meer von Qualen durchzustehen, und dann gehen wir wieder ins Nichts, um niemals mehr irgend jemanden irgendwo wiederzusehen... Das ist sehr traurig. Aber es ist auch gut, daß es wenigstens das kurze Wiedersehen mit lebenden Menschen gibt und auch mit denen, die gelebt haben – in ihren Büchern.

Ich habe behauptet, daß in der Natur immer alles gut ist. Wieso, werdet ihr sagen, ist alles gut, wenn Wolodja vor Hunger und Kälte stirbt? Das ist doch ein Widerspruch!

Natürlich ist in der Natur immer alles gut! Aber ob in der Natur alles für den Menschen gut ist, das ist die Frage! Der Mensch ist weder ein Tier der Taiga noch ein Fisch. Er kann nicht im eisigen Wasser schwimmen oder immer durch die Taiga schweifen. Er muß in der Taiga sterben, wenn er sich verirrt. Ein Mensch kommt nur dann in der Taiga nicht um, wenn er zu essen hat, Kleider und Schuhe und eine Waffe besitzt, ja dann! Also ist auch kein Widerspruch in dem, was ich gesagt habe. Euch erkläre ich das, Wolodja aber braucht keine Erklärung, er weiß das alles selbst. Er ist in der Natur aufgewachsen. Und er liebt sie, obwohl sie so ist, wie sie eben ist.

Indessen hatte der Regen begonnen. Er war kalt, und es sah danach aus, als würde es lange regnen. Der Regen brodelte leise im Gras, in Pfützen, im Fluß, er floß in Rinnsalen die Ufer hinab, füllte in kleinen Bächen alle Vertiefungen in der Erde, in Felsen und Steinen.

Wolodja war nun durch und durch naß; in seinem Bauch wurde das nagende Hungergefühl stärker. Aber er hörte nicht auf zu gehen. Seine Gedanken begleiteten ihn und liefen gleichzeitig weit fort. Diese Gedanken waren nicht mehr ganz klar, sie verwirrten sich.

Der Wind schüttelte die Bäume mit Regenschauern, er schlug den schuppigen Fluß, peitschte Steine und Wolodjas Rücken und trieb ihn vorwärts. Die Erde wurde schlüpfrig. Besonders glatt waren die nassen Baumwurzeln, über die Wolodja gehen mußte, wenn sie sich nackt über den engen Pfad legten. Dann und wann überquerte Wolodja sandige oder steinige Stellen, dann ging es sich leichter, aber viele Erdbuckel, Torf und Moos, mit Wasser vollgesogen, schmatzten und quatschten unter seinen Füßen wie Schwämme.

Wolodja ging dicht am Wasser. In der Dunkelheit erriet er die Nähe des Flusses nur durch sein Rauschen. Stehenbleiben wollte er nicht. Wozu auch? Streichhölzer besaß er nicht mehr, zu essen hatte er nichts. Er hatte überhaupt nichts mehr außer der Nacht und dem Regen. Er ging, fiel immer wieder hin, wischte sich die Hände an der nassen, zerfetzten Kleidung ab und ging mit zusammengebissenen Zähnen weiter. Endlich setzte er sich unter einen Baum am Fluß, unter einen niedrigen Überhang, und in seinem Kummer schlief er ein. Wie lange er so dasaß, wußte er nicht, denn er wachte auf, nickte wieder ein, saß zwischen Schlafen und Wachen wie in einem Nebel. Und dann kam das Zittern.

Der unsichtbare Fluß brauste, schwoll an vom Regen, und das war das einzige, was Wolodja noch erfreute – der Fluß lebte immerhin, er strebte seinem Ziel zu, dem Großen Ilytsch, wohin auch Wolodja kommen mußte, ganz gleich wie!

Durch die tief hängenden Wolken und den Regen kam unmerklich der Morgen, und Wolodja sah, daß er nur zwei Schritte vom grasbewachsenen Ufer entfernt lag. Teile des Ufers waren in die kaffeebraune Brühe abgerutscht. Bedrohlich hoch war der Fluß bereits gestiegen. Das Grau wurde heller. Wolodja konnte den schmalen Itsched-Ljaga überblicken. Er war bedeckt mit dahinjagendem, rostigen Schaum und Zweigen. Sogar ein Stamm jagte an Wolodja vorbei, als habe er vor, die im Frühling davongeschwommenen Flöße einzuholen. Der Wind blies heftig, er wurde immer kälter, vor Wolodja schwankten die schweren nassen Zweige einer Birke. Er stand auf, schüttelte die eingeschlafenen Füße und Hände und setzte seinen Weg fort. Er ging am Fluß entlang und ließ ihn nicht aus den Augen – aus Angst, ihn zu verlieren. Plötzlich hörte er ein merkwürdiges Geräusch; er blieb stehen und horchte durch das Rauschen des Regens nach oben... Das war ein Hubschrauber! Die seit frühesten Kindertagen vertraute Stimme des Hubschraubers hörte er! Was konnte Wolodja tun? Schreien? – Lächerlich! So lief er schnell vom Ufer weg, auf eine kleine offene Wiese, bestanden von wenigen Tannen. Er lief, er stürzte, aber dann stand er in der Mitte der Wiese, den Kopf zurückgeworfen, und fing den metallischen Ton ein. Der Hubschrauber blinkte über ihm und verschwand wie ein Spuk. Mit seinem grünen Bauch, den Rädern, dem Schalltrichter unter dem Schwanz hatte er geblinkt und war nun vorbei, aufgelöst in diesem Regen, der dicht wie Nebel war. Er war verschwunden und hinterließ für eine kurze Weile in Wolodjas Ohren seine metallische Stimme. Einige Zeit blieb Wolodja noch mit erhobenen Armen stehen, dann ging er zurück zum Fluß. Er ging mit dem Strom, und der Wind trieb ihn an.

Im Hubschrauber, der nun schon weit entfernt war, saßen Iwan und der Milizchef des Gebietes. Beide hatten ihre Kopfhörer aufgesetzt, aber beide schwiegen. Ihre Augen bohrten sich in die grauen, vom Regen aufgeweichten Flußufer.

Wolodja stieß am Flußufer auf wild wuchernde Blaubeeren. Sie sahen im rinnenden Regen schwarz aus, hingen dicht und zuckten unter dem Wind. Wolodja kniete nieder und stopfte sich mit beiden Händen den Mund voll. Er riß die Beeren mit den Stengeln ab und aß sie, kniete im nassen Gras auf blauroten nackten Knien, die aus der zerfetzten Hose schauten, und spürte nicht die Kälte, sondern nur eines, den Hunger. Und er aß Beeren, bis er satt war.

Er ging den ganzen Tag. Manchmal trank er Wasser aus trüben Pfützen, manchmal aß er Beeren von kleinen Sträuchern. Er zitterte, wenn er den Schritt verzögern oder stehenbleiben mußte. Das Zittern wechselte manchmal mit Krämpfen ab. Aber er ging weiter – bis zum Abend. Die Nacht verbrachte er zusammengekauert und durchgefroren unter den Zweigen dichter Tannen. Auch dort war es naß, aber die Zweige schützten wenigstens vor dem Wind. Der Wind blies ununterbrochen, immer in den Rücken, und trieb den zitternden Wolodja durch die Regenwand.

Nachts war es so finster, daß man sich ein Auge ausstechen konnte. Die Tagesstunden waren grau, gewebt aus Regen und Wind, aus dem Rauschen des Wassers und dem Rauschen der Bäume. Vögel waren nicht zu hören. Und Hubschrauber kamen auch keine mehr. Nichts außer dem Wind, dem Fluß, dem Regen und den raunenden Bäumen. Die Strömung im Fluß wurde immer heftiger, das Wasser war um fast einen Meter gestiegen. Auch in den Sümpfen war es gestiegen. Die Schluchten füllten sich mit Wasser und wurden zu Flüssen, Teichen und Seen.

Eine Mulde, bis zum Rand voll mit milchig gelbem Wasser, verlegte Wolodja den Weg und hatte den Pfad verschluckt. Das Wasser verschlang Gras und Sträucher, umarmte Baumstämme und floß langsam in den angeschwollenen Fluß ab. Eine mächtige Lärche lag quer über der wassergefüllten Mulde. Die dichten Zweigspitzen der Lärche badeten, der Wipfel aber reichte hinüber zum anderen Ufer. Doch aus irgendeinem Grund kam Wolodja nicht auf den Gedanken, den Baum als Steg zu benutzen; er ging an der Mulde entlang und hoffte, rasch an das Ende dieses Wassers zu kommen oder eine Furt zu finden. Er wurde enttäuscht.

Im Regen tanzten trübe Blasen und gelber Schaum auf dem

Wasser in der Mulde. Es sah aus wie eine kochende Erbsensuppe. Wolodja schwappte mit seinen zerfetzten Sportschuhen am Wasser dahin, bis er sah, daß sich die überschwemmte Mulde geheimnisvoll ins orange-blaue Dickicht verlor. Da kehrte er um. Er entsann sich der mächtigen alten Lärche, ging zu ihr zurück, erkletterte den glitschigen Stamm, krabbelte langsam zwischen den starrenden Ästen hindurch, hielt sich mühsam an ihnen fest, denn seine Finger gehorchten ihm nicht mehr, und stürzte unerwartet mitten über der Mulde ins Wasser ab. Der Schrecken ließ auch sein Herz abstürzen. Aber das trübe schaumige Wasser kam ihm merkwürdig warm vor, und als er sich spuckend an die Oberfläche gekämpft hatte, schwamm er auf Hundeart ans andere Ufer. Dort kroch er auf allen vieren in den Wald. Wieder packte ihn die Kälte, und wieder ging er weiter. Und dann sah er mit einemmal den Ilytsch! Der Große Fluß stürmte vom Norden nach Süden, genau wie es sein sollte und wie Jag-Mort, der Riese, es ihm gesagt hatte. Wolodja bog nach rechts ab und ging nun am Ilytsch entlang weiter nach Norden.

Der Ilytsch begrüßte Wolodja streng, wenn auch nicht unfreundlich, obwohl ihm jetzt nicht nach Spielen zumute war. Der Fluß wälzte seine trüben Wellen und knurrte den anrükkenden Winter an. Bald mußte er unter Eis fließen, und das gefiel ihm nicht. Anscheinend liebte er keine Veränderungen, obwohl er selbst immer weiterstürmte, hin zur Petschora und mit ihr zusammen, seinen Namen aufgebend, bis in den Ozean! An alles gewöhnte sich der Ilytsch, auch an das Eisdach und das märchenhaft bunte Nordlicht. Wolodja war nun alles gleichgültig, während er am Ilytsch weiterging, immer flußaufwärts am linken Ufer. Zwar wollte Wolodja durchkommen und am Leben bleiben – aber nach dem Sturz von der alten Lärche nahm er alles gelassen hin. Er stieg ohne Murren, wenn es nötig wurde, in jedes Wasser, denn es war immer noch wärmer als dieser peitschende, eisige Regen. Wolodja ging, ohne den Pfad weiter zu beachten, wenn nur der Ilytsch ihm entgegenfloß! Er wurde durch diese Nachbarschaft sogar aufgemuntert und fühlte plötzlich, wie das Blut ihm warm in den Kopf stieg, in die Hände, in die Füße. Sogar der Hunger war irgendwohin verschwunden. Er ging nun schneller – der Großvater wird sich freuen, wenn er sieht, wie schnell er geht! Stolz wird der Großvater auf ihn sein!

Wolodja erinnerte sich: Er war mit dem Großvater nach Troitzki-Petschersk geflogen. Sie stiegen aus dem Flugzeug, kamen zur Autobus-Haltestelle und da plötzlich – ein Regenguß! Sie standen, zusammen mit vielen anderen Leuten, unter einem Schutzdach. Gegenüber aber, nur über die Straße, war eine Taxi-Haltestelle, und drei Taxis blinkten mit grünen Lichtern durch den Regen! Großvater sagte: »Ja, was stehen wir denn hier! Komm, Woloditschka, komm zum Taxi!« Und sie liefen unter dem warmen Regen zu den Taxis hinüber. Hinter ihnen sagte jemand, sie hörten es ganz deutlich: »Nu, diesen Menschen kommt schon überhaupt nichts schrecklich vor!« Und die Menge murmelte erstaunt.

Die ganze Zeit im Taxi lachten sie, und auch der Fahrer lachte, als er von diesem Ausspruch hörte. Er meinte: »Na ja, ihr seid eben Taigaleute, denen nichts was anhaben kann! Hier haben die Leute Angst, im warmen Juliregen über die Straße zu laufen, und drängen sich lieber wie die Hühner unter einem Dach zusammen!« Was würden diese Stadtleute wohl sagen, wenn sie mich jetzt sehen könnten? dachte Wolodja.

Er ging weiter. Seine Zähne schlugen aufeinander, immer wieder zuckten seine Arme wie in einem Anfall zu den Schultern hoch. Er fühlte sich nackt, schlimmer noch: obgleich er geschwollen war, fühlte er sich als Skelett, bestehend aus gelblichen Knochen, glatten Knochen, vom Regen gewaschen, Knochen, die bei jeder Bewegung klapperten. Seine Augen fühlte er nicht mehr. Er konnte zwar noch sehen, aber wie durch einen Nebel. Sein Schädel war nackt und leer, und er schmerzte.

So ging er, mit klappernden Knochen, er tastete sich seinen Weg durch den Regen und prallte immer wieder gegen Bäume. Hätte man ihn gefragt, wie lange er nun schon so ging, er hätte keine Antwort geben können. Er wußte es nicht. Die Zeit ertrank im Regen, wurde vom Wind verweht und betäubt vom Brüllen des Flusses.

Wolodja bemerkte eine Pfütze vor seinen Füßen. Er ließ sich auf alle viere nieder und blickte in den braunen Wasserspiegel. Er war durchaus kein Skelett, sondern furchtbar angeschwollen; er sah so aus wie Prokop, wenn er sich betrunken hatte. Sein Kopf war eine Rübe, unter den Augen hingen Tränensäcke, die Augen waren nur noch durch schmale Schlitze zu sehen. Die Lippen waren vom Fieber aufgeplatzt. Auch Hände und Füße waren dick wie Klötze. »Ich kann nicht mehr«, sagte Wolodja zu diesem aufgedunsenen Jungen in der Pfütze und wunderte sich über die Stimme, die er nicht kannte. Er setzte sich am Fluß ins nasse, harte Gras. Rinnsale liefen an seinen Kleiderfetzen hinab, drangen in die Stoffklumpen und vermischten sich unter den Lumpen mit seinem kalten Schweiß. Auf den Lippen haftete der Geschmack von Schweiß, Blut und Regen.

Und da stand plötzlich die Große Ameise neben Wolodja und sah ihn mit ihren hundertfachen Augen an. Unter dem grauen Himmel, im grauen Regen, in der grauen vollgesogenen Luft sahen diese Augen trüb und leer und ohne jeden Widerschein aus, aber sehr streng.

»Steh auf!« sagte die Große Ameise, »du mußt weitergehen.«

»Ich kann nicht mehr«, wiederholte Wolodja. »Ich habe keine Kraft mehr.«
»Nur kein Gerede! Du hast Kraft. Oder willst du nicht mehr leben?«
»Leben will ich schon, aber ich bin erschöpft.«
»Vorbilder geben nie auf«, sagte die Große Ameise. »Sie fallen nie um, es sei denn vorübergehend auf den Bauch.« Sie lachte. Da mußte auch Wolodja lachen, aber sein Lachen hörte sich wie Husten oder Weinen an, und er wäre fast daran erstickt.
»Erinnere dich an das Skelett im Todestal«, sagte die Große Ameise. »Willst du auch so sitzen und dich von ungezählten Regen waschen lassen?«
Eine Windbö fegte über Wolodja hinweg, der Regen peitschte ihn noch wüster und sang heiser und hohl wie ein alter Mann: Willst-du...willst-du...willst-du?
»Ich will kein Skelett werden«, sagte Wolodja laut.
»Dann steh auf!« sagte die Ameise. Sie schrie: »Los! Die da werden dir helfen.«
Wolodja blickte auf. Und nun sah er zwei andere Ameisen, hochgewachsene, kräftige Arbeiterinnen.
»Na also!« Die Kinnbacken der Großen Ameise knirschten. »Steh schon auf, du widerlicher Jammerlappen!«
Das Blut schoß Wolodja ins Gesicht. Er fühlte sich tief verletzt und riß sich vom Erdbuckel los. Die beiden Ameisen griffen ihm sofort unter die Arme. Wolodja ging weiter.
»Hierher!« sagte die Große Ameise. »Zum Ameisenhaufen!«
Wolodja torkelte zu einem riesigen Ameisenhaufen und kniete dort nieder.
»So, und jetzt klopf mit der flachen Hand auf den Ameisenhaufen, aber kräftig!« befahl die Große Ameise.
Wolodja hob eine Hand, spreizte die Finger und schlug auf den stacheligen Haufen.

»Stärker!« schrie die Ameise. »Beug den Kopf darüber! Atme!«
Wolodja schlug noch einmal auf den Haufen, beugte sich über ihn, und da fühlte er, wie ihm viele kleine Fontänen ins Gesicht schlugen. Wolodja atmete Ameisensäure, die leicht und angenehm nach Spiritus roch, tief in sich ein. Mit Nase und Mund, während er sich auf zitternden Knien hielt. Die beiden Arbeiterinnen stützten ihn, als er umzufallen drohte.
»Und noch einmal atmen! Noch einmal zuschlagen!« verlangte die Große Ameise hinter ihm.
Wolodja schlug und schlug und atmete die kleinen Fontänen ein, die vom tannennadelbedeckten Haufen aufstiegen. Er erinnerte sich, daß ihm auch der Großvater das einmal angeraten hatte. Mit jedem Atemzug spürte er, wie sich die Kraft von Tausenden mächtiger Ameisen in ihm ansammelte.
»Wie fühlst du dich jetzt?« fragte die Große Ameise.
»Gut«, sagte Wolodja. »Ich kann jetzt wieder gehen.«
»Ausgezeichnet. Und die beiden da werden dir helfen. Es ist auch gar nicht mehr weit.«
»Wie kann ich… wie kann ich dir danken?«
»Unsinn!« sagte die Große Ameise. »Bleib so, wie du bist! Wir sehen uns schon noch einmal – irgendwann. Dann kannst vielleicht du uns helfen.«
»Das werde ich«, versprach Wolodja und fühlte sich leicht dabei.
»Na, denn!« Die große Ameise winkte mit ihrer schwarzen Hand, die wie an Scharnieren saß.
»Na, denn«, sagte auch Wolodja, winkte und ging am Ufer weiter. Das war der Ilytsch in seinem Oberlauf, kein anderer Fluß. Wolodja erkannte ihn an Zeichen, die er nur fühlte und nicht erklären konnte. Um sich zu vergewissern, fragte er seine Begleiter: »Das ist doch der Ilytsch?«

»Der Ilytsch«, sagten die beiden Begleiter, »der Ilytsch.«
»Gar kein Zweifel?«
»Wieso Zweifel? Die Hütte kommt auch bald, gleich hinter der nächsten Biegung.« Die Ameisen führten ihn sorgsam weiter.
Wolodja nickte. Er wollte nicht mehr sprechen. Laut ausgesprochene Worte brauchten zuviel Kraft.
Und so nah konnte es übrigens gar nicht sein. Wozu sprechen, wenn nur denken nötig war! Aber auch das Denken fiel nicht leicht.
Wolodja spürte, daß jemand ganz in der Nähe war. Er blickte auf und sah seinen Vater... Er sitzt am grünen, flachen Flußufer. Der Fluß lärmt, und so hört der Vater nicht, wie Prokop sich an ihn heranschleicht. Mit einer Axt in der Hand! Wolodja sieht das alles ganz nah, will auf den Vater zustürzen und schreien und kann nicht. Prokop schwingt die Axt...
Da riß es Wolodja von den Füßen – und er sah nichts mehr. Die Ameisen hielten ihn fest.
»Dort war mein Vater«, sagte Wolodja.
»Nicht dein Vater«, sagte eine Ameise, »eine Wurzel über dem Wasser.«
»Wieso denn nicht mein Vater?« fragte Wolodja. »Da ist er doch wieder! Seht ihr ihn denn nicht?«
Und da war der Vater vor ihnen auf dem Pfad. Nur ohne Kopf. Aber er war Wolodja zugewandt.
»Wolodja, weißt du nicht, wo mein Kopf sein könnte?« fragte er. »Irgendwo müßte er hier herumliegen.« Er tastete in der Luft herum.
Wolodja graute es. Er versuchte sich vorbeizudrücken, aber der Vater hatte die Arme weit ausgebreitet, als wollte er ihn umarmen... und nun war Wolodja sicher, daß es nicht sein Vater, sondern Prokop war. Wolodja stieß einen furchtbaren Schrei aus.

»Was schreist du denn?« fragte die Ameise links. »Geh weiter und mach keinen Unsinn!«
»Der Vater... Prokop«, sagte Wolodja verwirrt.
»Niemand ist da«, sagte die Ameise rechts. »Dein Vater ist tot. Und auch Prokop ist tot.«
»Prokop ist nicht tot«, sagte Wolodja leise.
»Aber er wird bald tot sein!« sagten beide Ameisen. »Geh ruhig weiter! Komm schon!«
Und Wolodja ging. Die Erdbuckel waren im Weg. Diese verdammten Dinger! Sie waren dicht mit Gras bewachsen, und Wolodja konnte nicht sehen, wohin er trat, ob auf einen Buckel oder in ein Wasserloch.
Immer wieder stolperte er.
Wahrscheinlich seh' ich wie ein Betrunkener aus, dachte er. Er blieb stehen und blickte voraus. Das taten auch die beiden Ameisen. Dienstbeflissen machten sie alle Bewegungen nach und errieten jeden seiner Wünsche.
Bald ist dieser Holperweg zu Ende, überlegte Wolodja. Da vorn ist wieder Wald. Dort wachsen die Bäume auf hohen grauen Felsen, und unten brodeln Stromschnellen, abgekühlt durch Regen. Bleibt nichts übrig, als die Felsen zu umgehen.
Wolodja seufzte. Im Wald werde ich über gestürzte Bäume klettern müssen – aber immer noch besser als die Erdbuckel!
Sie gingen weiter.
Die Ameisenkraft hat mir mächtig geholfen, dachte Wolodja. Ein Zaubermittel! Und diese beiden – einfach fabelhaft! Ohne sie würde ich es nicht schaffen.
Wolodja sah sie manchmal ganz deutlich, meist aber spürte er nur ihren harten Griff. Hin und wieder zerflossen sie für einen Augenblick in einem Nebel, und dann blieb ihm nur das Gefühl, daß sie ihn nicht verlassen würden, weil die Große Ameise es so angeordnet hatte.

»Gut ist das«, sagte Wolodja laut. »Sehr gut.« Das Bewußtsein, nicht verlassen zu sein, gab ihm Kraft.

»Was ist gut?« fragte die Ameise aus weiter Ferne.

»Alles ist gut«, sagte Wolodja zuversichtlich. »Es ist gut zu leben. Über Erdbuckel zu gehen ist gut. Und durch die Taiga! Und über Asphalt! Gern geh' ich über Asphalt!«

»Wir sind noch nie über Asphalt gegangen«, sagte die zweite Ameise.

Aber Wolodja sagte nichts mehr. Die vielen Worte hatten ihn zuviel Kraft gekostet. Ich muß schweigen, dachte er. Schweigend komme ich rascher voran. Sie kamen in den Wald, der sich mit seinen Wurzeln an die Felsen klammerte. Sie traten unter ein grünes Dach aus Tannen- und Lärchenwipfeln. Mit einemmal war es dämmerig, kälter und feucht. Es roch nach modernden Blättern, nach Pilzen, faulendem Holz und Sumpf. Es regnete auch hier, aber nicht so dicht wie draußen unter freiem Himmel. Hier waren die Tropfen größer und fielen wie Hagelkörner schwer durch das Tannengrün. Der Regen wurde von den Zweigen festgehalten, sammelte sich zu schweren Tropfen und klatschte Wolodja auf den Kopf. Das Wasser lief in den Kragen.

Bei Hitze wär' eine solche Dusche gut! dachte Wolodja. Dann wär' das einfach toll! Die Füße glitschten wieder von nassen, glatten Wurzeln ab, von umgestürzten glatten Baumstämmen. Die Ameisen stützten Wolodja wie Sanitäter. Trotzdem schwankte er und fiel bald gegen die eine, bald gegen die andere Ameise. Aber die harten Hände hielten ihn fest.

Und er ging weiter. Er fühlte seine Beine nicht mehr. Er ging jetzt wieder am Ufer neben dem Fluß, zur Rechten den Wald, der wie er selbst die Felsen umgangen hatte. Er ging und ging. Ging er vielleicht nach Moskau?

Er ging nach Moskau, klar! Längst hatte er schon dorthin

gewollt, und jetzt war er nach Moskau unterwegs. Er ging, ohne seine Beine unter sich zu fühlen. Er ging so leicht, als schwebe er über der Erde.

Und wo sind die Ameisen geblieben? Dort unten sind sie, winzig, weil Wolodja so hoch über der Erde dahingeht. Auch der Ilytsch ist klein und fern. Da läuft er von Großvaters Hütte bis ins Dorf... Und da sind auch die Bären am Ufer, nicht einmal so groß wie Hunde! Die Bärenmutter mit ihren drei Kindern. Sie sehen Wolodja mit zurückgeworfenen Köpfen an: Glückliche Reise!

»Danke!« ruft Wolodja zurück. Die Bären sind nun seine Freunde, seine Taigabrüder. Alle hier sind seine Brüder. Die Elche, die dort im Wasser stehen, heben den Kopf so weit, daß ihre Geweihschaufeln auf ihren Rücken liegen. Und sie geben Wolodja mit den Augen einen Wink: Geh nur, geh! Und dann trompeten die Elche: Geh nur! Grüß Moskau von uns! – Und da ist auch das Grauhäschen mit Wolodjas Verband um den Bauch; es sieht munter und gesund aus.

Das ist gut! denkt Wolodja. Und ich bin schon weit gekommen. Bis zur Hütte ist es nur so weit wie einmal ausspucken. Er macht Riesenschritte – wie mit Siebenmeilenstiefeln! Ein Schritt – die Pfütze liegt hinter ihm; ein zweiter – der Wald ist nicht mehr zu sehen; ein dritter – der Ural bleibt auf der Strecke. Er ist ein Mächtiger und heißt nicht zufällig Wolodimir: Beherrscher der Welt. Gut wird er sie beherrschen – in Frieden und Güte.

Hoch geht er über der Erde dahin, er fliegt im Gehen. Obgleich eine schwere Last an seinen Schultern hängt. Ah, der Leinenbeutel! Wie konnte er das vergessen! Der riesige gesalzene Lachs ist in diesem Beutel. Ohne Lachs darf man ja auch auf keinen Fall nach Moskau kommen, hat Großvater Martemjan immer gesagt und auch Iwan. Iwan war nicht nur einmal in

Moskau, er muß es wissen. Ein Lachs ist für die Moskauer ein Geschenk des Himmels. Für einen Lachs verbeugt sich jeder Moskauer tief vor dir, weil man in Moskau einen Lachs weder fangen noch in den Läden kaufen kann. Nur in den Restaurants wird er in winzigen Scheiben für teures Geld verkauft. Der gesamte Lachs, der im Zapetscherje gefangen wird, geht ins Ausland, das weiß Wolodja von seinem Bruder. Für diesen Lachs zahlen die Ausländer mit Gold. Unser Land aber braucht dieses Gold – für alles mögliche! Ein riesiges Land haben wir, und wir sind viele Menschen. Sie alle zu versorgen, ist nicht einfach. Und deshalb ist Lachs eine Seltenheit in Moskau, besonders aber Lachs von Martemjan, unvergleichlich eingesalzen...

Wolodja geht und geht. Er wird Moskau einen Gruß aus dem Zapetscherje überbringen. Gleich wird er Moskau sehen, wie es ist! Die ganze Erde ist dort in Stein gefaßt. Die Häuser ragen bis in den Himmel, und man sitzt in ihnen wie in einer Schaukel. Und wenn man aus dem Fenster sieht, schaukelt die ganze Erde...

Aber Wolodja geht und geht. Wohin soll er in Moskau zuerst gehen? Natürlich zum Magazin *Krokodil*. Die Leute im *Krokodil*-Haus werden bestimmt lustige Leute sein. Wolodja wird dort eintreten und zu den Arbeitern sagen: »Sind Sie das hier, das *Krokodil?* « – Das sind wir«, werden sie antworten, »was willst du?« – »Nichts will ich«, wird Wolodja sagen, »Lachs bringe ich euch mit, weil ihr mich zum Lachen gebracht habt. Mit einem Gruß aus dem Zapetscherje!« – Ach, und was würde dann passieren! Wolodja wird in einem dicken Ledersessel Platz nehmen, hinter einem riesigen Tisch, auf dem eine Flasche Orangensaft, ein dünn geschliffenes Glas und ein ganzer Berg Bananen steht. Diese komischen ausländischen Früchte, die wie süßer Teig schmecken! Und Wolodja wird sie alle essen und mit Orangensaft nachspülen. Und dann wird man ihn mit Geschichten aus dem *Krokodil* zum Lachen bringen und mit Zeichnungen. Er aber wird Lachs auftischen, leicht gesalzenen, harten, rosa Lachs, und sie werden ihn verschlingen und sich mit Lachsfett volltropfen. Sollen sie nur! Zur Gesundheit! Laßt's euch schmecken! Für ein Stück Lachs holt ein Moskauer ja den Mond vom Himmel, was auch zum Lachen ist! Einen Festtag wird sich Wolodja in Moskau machen, was denn sonst!

Wolodja blieb stehen und wischte sich mit einer Hand über die Stirn. Der Kopf war heiß, obgleich Eisregen auf ihn niederging. »Na, was ist, Wolodja, gehen wir?« fragten die Ameisen. Da waren sie neben ihm, groß und stark und hielten ihn fest. »Bis zur Hütte ist es nicht mehr weit. Erkennst du nicht schon Plätze?«

»Dann gehen wir jetzt nicht nach Moskau?«

»Nach Moskau ein andermal«, sagte die Ameise rechts. »Jetzt müssen wir zur Hütte. Großvater Martemjan hat mächtig Sehnsucht nach dir.«

Richtig! Wolodja nickte stumm. Nun waren sie schon nah bei der Hütte, ganz klar, klar wie der Tag. Nur war fast kein Tag, alles war in einem endlosen grauen Regen untergetaucht. Die ganze Welt war in diesem Regen untergegangen, sogar alles Wasser, gar nicht zu reden von der Erde, dem Gras, den Bäumen, den Berghängen, den Wolken. Alles im Regen ertrunken! Und mitten durch diese Flut ging Wolodja mit zwei Ameisen Arm in Arm. Sie verließen ihn nicht und stützten ihn. Alles in Ordnung – gleich mußten sie da sein. Er wird ans Ziel kommen.

Licht schlug ihm in die Augen. Woher dieses Licht? – Da sah er Alewtina am anderen Ufer. Sie saß über dem dunklen Wald, und ihr Kopf war die Sonne. Ich muß ihr einen Kuß geben, dachte Wolodja. Man gibt sich doch einen Kuß, wenn man sich lieb hat. Wenn ich sie jetzt küsse, ist das eine gute Sache, es ist für immer, fürs ganze Leben.

»Komm her und laß dich küssen!« schrie Wolodja. Alewtina machte einen großen Schritt über den Ilytsch, setzte sich neben ihn auf einen Baumstumpf und zupfte ihr Kleid über den Knien zurecht. Sie sah Wolodja an. Ihr kleines Gesicht mit den Sommersprossen stand inmitten roter Haare, und von diesem Haar ging das Licht aus. Wolodja beugte sich über Alewtina, nahm ihre mageren Schultern, berührte kaum merklich ihr leuchtendes Haar. Alewtina lachte, die feinen Haare kitzelten ihm das Gesicht, er zuckte zusammen – und Alewtina löste sich in Regen auf. Was für ein Spuk!

Wolodja ging weiter. Trotz der ungewissen Umrisse, trotz des Herbstdunkels, das die frühe Winternacht ankündigte, erkannte Wolodja sehr genau die Umgebung der Hütte. Er bemerkte die Flußbiegung und die Wiese am Ufer. Merkwürdigerweise war sie grellgrün, von Blättern und Blüten der Sumpfdotterblumen übersät. Wolodjas Füße versanken tief in den saftigen Blättern. Sie knirschten unter seinen Schritten, und dann ging er über klebrigen Lehm, der sich ihm an die Sohlen schichtete. Jetzt, sofort mußte er die Hütte sehen.

Und wenn der Großvater bereits fortgegangen war? Wenn sie einander verfehlt hatten? Na, macht nichts! Dann wird Wolodja eben in der Hütte warten und gesund werden. Dort in der Hütte ist alles, was er braucht: Streichhölzer und Holz und Brot und Salz. Und Kartoffeln und vielleicht sogar Fleisch, gar nicht zu reden vom Fisch! Alles, was ein Mensch zum Leben nötig hat, ist da und sicher mehr.

»Wartet!« sagte Wolodja zu den Ameisen. »Laßt uns ein wenig ausruhen!« Er sagte es fast tonlos, aber die Ameisen verstanden ihn und blieben sofort stehen. Wolodja stand, vielmehr er hing, zwischen den Armen der Ameisen. Ihm selbst kaum begreiflich, suchte er nun den Augenblick des Wiedersehens mit der Hütte ein wenig hinauszuzögern, den Augenblick seines Sieges.

Im Unterbewußtsein ängstigte ihn der Gedanke, der Großvater könnte nicht in der Hütte sein. War aber der Großvater doch da, dann wollte Wolodja möglichst unbeschwert, gefaßt und gar nicht atemlos vor ihm erscheinen, so, als wäre nichts geschehen. Als käme er nur einfach so daher mit seinen beiden Ameisenfreunden. Komisch natürlich, so etwas zu wünschen, wenn man so furchtbar mitgenommen war wie er! Er hatte sich ja schließlich in der Pfütze gesehen. Daß er so aufgedunsen war, verstand er überhaupt nicht. Und daß sich die Finger an den Händen gar nicht mehr bewegten! Da gab's nur eins: sich tüchtig ausruhen in der Hütte, auf den warmen Ofen kriechen und dort liegen, liegen, liegen...

Und da war der vertraute Stein nahe am Wasser. Riesig, rötlich mit blauen Adern, ein mächtiger Rollstein. Seit tausend Jahren liegt der Stein dort, hatte der Großvater gesagt. Wolodja liebte diesen Felsen. Alles hier liebte er, jedes Sandkorn. Nur noch einige Schritte heraus aus dem Urwald, vorbei an den drei einzeln stehenden Tannen, dann mußte sich die Wiese öffnen und den Blick auf die Hütte am Waldrand freigeben...

»Na, gehen wir!« sagte er. »Nur noch ein paar Schritte!«

Als erstes sah Wolodja nicht die Hütte, sondern den Hubschrauber mitten auf der Wiese. Die MI-4 seines Bruders! Iwans Hubschrauber! Wie eine große grüne Blattlaus stand er da, über dem Rücken die langen gebogenen Schaufeln, im Regen schlummernd an seinem gewohnten Platz. Hinter dem Hubschrauber versteckte sich die Hütte.

Und nun kletterten Leute aus dem Hubschrauber, sie taten sehr geschäftig, sie benahmen sich genau wie Ameisen, wenn

sie ihre Melkkühe, die grünen Blattläuse, kitzeln. Wolodja lachte, als würde er selbst gekitzelt, er lachte lautlos, ohne die geschwollenen Lippen zu bewegen. Er war so glücklich. Da war er, sein Sieg. Trotz allem, was gewesen war, hatte er gesiegt.
Wolodja blieb stehen und musterte die Leute am Hubschrauber. Da war Iwan, der machte die Tür auf. Und da war Martemjan mit einem Sack. Alle waren da, sogar Alewtina! Und der Milizchef. Einfach unglaublich, daß sie sich alle hier versammelt hatten! Sie reichten Iwan irgendwelche Sachen zu, und er legte sie in den Hubschrauber, als ob er gleich starten und fortfliegen wollte.
»Schneller!« flüsterte Wolodja den Ameisen zu, ging rascher und stolperte über Blätter.
Aber da hatten sie ihn schon gesehen – und alle liefen!
Er wäre ihnen gern entgegengelaufen, aber er konnte nicht, ach! und nun ist er auch noch hingefallen. Und was ist denn mit den Ameisen los? Die glotzen wohl noch immer den Hubschrauber an!
Die vielen Menschen umringten ihn, freudig, aufgeregt.
»Vorsicht!« sagte Wolodja kaum hörbar. »Was seid ihr denn so wild!« Sein Herz klopfte so schnell wie das einer Äsche, die am Angelhaken hängt. Und plötzlich fühlte Wolodja den Schmerz des Fisches, er fühlte den brennenden Schmerz, den ein Angelhaken zufügt, in sich selbst.
»Was ist mit dir, Woloditschka?« fragte Großvater Martemjan und kitzelte ihn mit seinem Bart. Sein Kopf, Großvaters Kopf, war weiß. Hatte es denn geschneit? Geregnet ja, aber Schnee?
Auch Iwan umarmte ihn nun. Ganz hinten aber stand Alewtina und schaute und schaute.
»Vorsichtig!« Wolodjas Stimme hob sich ein wenig.
»Ach, du Woloditschka, bist doch angekommen!« sagte Martemjan. »Nehmt ihn auf die Arme! Tragt ihn ins Haus!«

Iwan und Alewtina redeten irgend etwas, ihre Worte kamen wie aus einem Nebel am anderen Ufer. Und da wurde er aufgehoben. Die Ameisen nahmen ihn auf die Arme und trugen ihn.
»Die Ameisen da, die mich jetzt tragen, seht ihr«, sagte Wolodja, »ohne sie wäre ich nicht bis hierher gekommen.«
»Was sagst du? Was für Ameisen?« fragte der Großvater verwundert.
Wolodja lächelte. »Meine Brüder! Seht ihr sie denn nicht, da sind sie!«
»Nun ja«, sagte Martemjan verlegen. »Dein Bruder ist da, Iwan. Und der Milizmann. Aber Ameisen...«
»Ameisen!« sagte Wolodja störrisch. Er legte seine Arme um die Schultern seines Bruders und des Milizmannes. »Seht ihr denn nicht?«
Dann verlor er das Bewußtsein. Großvater Martemjan aber weinte.

Na, und was soll ich euch noch von Wolodja erzählen? Ich könnte euch erzählen, wie er seine schwere Krankheit durchstand und wie Großvater Martemjan und Alewtina ihn gesund pflegten – aber das alles liegt ja auf der Hand. Ich könnte euch erzählen, daß in den Zeitungen ein Artikel über Wolodja erschien, und ich kann ihn euch sogar zeigen. Aber auch das ist, so denke ich, nicht wichtig.
Ich kann nur noch einmal sagen, daß sich Wolodja meiner Meinung nach gut gehalten hat. Und das wird euch nun klar sein, auch ohne daß ich es wiederhole. Was gesagt werden mußte, habe ich gesagt. Und damit Punkt.
Der Punkt steht am Ende meines Buches. In Wolodjas Leben ist natürlich noch kein Punkt zu sehen, denn er hat sein Leben noch vor sich. Und es ist gut möglich, daß ich euch wieder einmal von ihm erzähle. Wenn die Zeit kommt.

»Ich über mich selbst«

von Juri Korinetz

Ich wurde 1923 in Moskau geboren. Meine Kindheit war von keinerlei Wolken überschattet.
Ich erinnere mich, wie ich eines Tages mit meinem Vater in den Kreml ging und die strengen Stundenschläge vom Borowitzki-Tor uns achtungsvoll die Ehre erwiesen. In einem Zimmer im Kreml – in jenen Jahren waren dort noch alte Bolschewiken einquartiert – stand hinter einem Vorhang auf einer Fensterbank ein Glas mit Seifenwasser und einem Strohhalm. Die Inhaberin der Wohnung, Juliana Marchlewskaja, die Witwe Machlewskis, des Lenin-Mitstreiters, hatte mich wie stets mit einem Glas Seifenwasser empfangen. Mein Vater unterhielt sich mit der zierlichen alten Dame, die voll Lebenslust und Energie war, und ich blies bunte Seifenblasen, in denen sich meine wolkenlose Welt widerspiegelte. Wenn sie lautlos auf dem dicken Teppich zerplatzten, war das keine Tragödie. Das ist das erste Bild, das mir blieb.
Ich will damit sagen, daß der Mensch in seiner Kindheit das Leben mehr oder weniger flach auffaßt. Besonders wenn diese Kindheit glücklich ist. Die tieferen Schichten tun sich ihm erst später auf. Die Grenzen und Schatten dieses Lebens hatte ich zwar vor Augen, aber sie drangen nur undeutlich bis zum Bewußtsein durch.
Da ist noch ein zweites Bild. Ich sitze mit meinen Eltern in einem Restaurant in der Petroska. Das Restaurant ist klein und eng. Wir haben einen Tisch neben der Drehtür und essen Frikadellen mit Buchweizengrütze... und plötzlich ein Wirbel: Aus der Drehtür springt etwas Graues, Zottiges auf mich zu, eine kleine, schmutzige Hand grapscht von meinem Teller die herrliche Frikadelle und verschwindet damit hinter der Tür. Damals brach in meine wolkenlose Welt aus einer anderen Welt, von der ich nichts wußte, ein halbverhungerter, verwahrloster Junge ein – aus einem Rudel, die das Land durchstreiften.
Meinen Vater sah ich selten. Manchmal bekam ich ihn zu sehen, wenn er tagsüber schlief, aber fast nie legte er sich abends schlafen, wie das gewöhnlich die Leute tun. Dann ging er zur Arbeit. Das war so sein Stil. Dagegen war die Mutter immer um mich. Sie arbeitete zu Hause. Ich wundere mich bis heute, wie sie es schaffte, alle Hausarbeiten zu tun, sich um mich zu kümmern und soviel zu übersetzen. Von ihr wurden zum erstenmal die »Erinnerungen der Krupskaja an Lenin«, »Hydrozentrale« von Marietta

Schaginjan, »Zement« von Gladkow und – als Erstaunlichstes – »Materialismus und Empiriokritizismus« von Lenin ins Deutsche übersetzt.
Mein Vater hatte die Mutter aus Deutschland mitgebracht. Das war 1918. Sie versuchten zu Fuß durch die Frontlinien zu kommen. Ein Offizier vom Freikorps Kapp nahm sie gefangen und wollte sie erschießen lassen. Sie wurden freigelassen, erreichten Moskau und – kehrten in einem Diplomatenwagen nach Berlin zurück, zusammen mit dem Personal der ersten sowjetischen Gesandtschaft. Sie setzten sich für die Weltrevolution ein. Von den Eltern blieb mir eine idealistische Haltung gegenüber der Revolution, großgeschrieben.
Ich hatte immer schon Lust verspürt, zu zeichnen und Gedichte zu schreiben, und wurde junger Mitarbeiter der Zeitschrift »Pionier« – in den Jahren, in denen Benjamin Abramowitsch Iwanter ihr Chefredakteur war. Er war mein erster Pionier- und Komsomolzen-Lehrer. Seine Liebe zur Literatur war grenzenlos, aber als Lehrer war er eigenartig. Er sagte zum Beispiel: »Daß du Gedichte schreibst – na gut! Aber ein Schriftsteller wird nie aus dir werden. Sieh dir Gorki an!« (Er liebte Gorki sehr.) »Warum wurde er zum Schriftsteller? Weil er ein schweres Leben hatte. Du dagegen hast ein glückliches Leben. Für einen Schriftsteller ist das zu wenig.« Und obgleich das so ernst sicher nicht gemeint war, blieb mir ein Stachel wegen dieses Glücks. Nicht lange, um ehrlich zu sein. Denn bald darauf stand ich so verlassen in der Welt wie jener junge Herumstreuner, der mir die herrliche Frikadelle geklaut hatte. Wäre Iwanter noch am Leben, er würde vielleicht sagen, daß ich damit gut gefahren sei. Die Seifenblasen einer glücklichen Kindheit waren geplatzt. Ich lernte eine Unzahl von Berufen kennen. Ich war Hirt, Traktorist und verdiente mir in einer Malerwerkstatt etwas dazu – alles kann ich hier nicht aufzählen. Aber eins weiß ich: Worüber ich auch schreiben werde – meine Biografie wird in meinen Büchern ein. Und auch das möchte ich noch sagen, daß ein Schriftsteller in Rußland lange leben muß, weil bei uns andere Maßstäbe gelten als in irgendeinem Luxemburg. Ein Schriftsteller muß durch Feuer, Wasser und kupferne Rohre gehen. Und er muß rechtzeitig über alles schreiben. Nicht irgendwann – und unter verschiedenen Aspekten. Und deshalb muß ein Schriftsteller in Rußland mindestens hundert Jahre werden. Das ist's, was ich zu verwirklichen suche.

Aus dem Russischen übersetzt von Hans Baumann

84023-26.7.-149

Idschid - Parma - Kamm
Sar-Ju
Prokops alter Hof
Wolodjas Weg
Ilytsch
Petschora
Ural-
Petschora
Moskau
Berlin